LE POUVOIR D'HADÈS

ELIZA RAINE

*Pour tous ceux qui sont convaincus qu'ils
ont en eux une déesse de l'enfer...*

UN

Du sang partout ! Il y avait du sang partout. Et du feu. Les flammes engloutissaient les corps figés au sol.

Qu'est-ce que tu as fait ?

Je me relevai et fis quelques pas en titubant, mais je fus très vite prise d'un vertige et retombai sur mes genoux. Je ne ressentis pas la douleur en tombant sur le sol rocailleux ; ce n'est qu'en voyant le sang recouvrir le tissu blanc de ma robe que je réalisai que j'étais blessée.

Qu'est-ce que tu as fait ?

— Perséphone ?

Quelqu'un hurla mon nom et je me retournai, mon visage brûlé par la chaleur des flammes.

— Où es-tu ?

Je restai là, sans bouger et sans faire de bruit. Je ne voulais pas qu'il me trouve. Je ne devais laisser personne me trouver. Je ne voulais pas les affronter tous lorsqu'ils réaliseraient que tout était ma faute. Je ne voulais pas l'affronter, *lui*. Mes yeux tombèrent sur le corps d'une femme, à seulement vingt mètres de moi. Son visage était paisible ; pourtant, tout son corps brûlait. Des larmes coulèrent sur mes joues.

Regarde ce que tu lui as fait. Ce que tu leur as fait à tous !

Je fus envahie par la douleur. Une douleur insupportable.

Je l'entendis à nouveau crier mon nom.

Je ne pouvais pas vivre alors qu'eux brûlaient.

DEUX

— Persy ? Ce n'est pas plutôt un prénom de garçon ?

Je réprimai une réplique cinglante et me forçai à sourire. Hors de question que je me fasse virer pour avoir insulté un client.

— Voulez-vous du lait dans votre Americano ? demandai-je au grand gars musclé face à moi qui arborait un sourire en coin.

— Non, je prends mon café amer, rétorqua-t-il en me regardant droit dans les yeux.

Étrangement, j'eus du mal à détourner le regard cette fois, hypnotisée par le gris brillant de ses yeux. Il y avait même une pointe de violet à l'intérieur de sa pupille.

— Alors..., reprit-il en désignant mon badge. Vos parents voulaient un garçon, c'est ça ?

Je soupirai, soudain agacée de nouveau.

— Non. C'est l'abréviation de Perséphone, dis-je en posant un couvercle en plastique sur la tasse de café fumant et en la faisant glisser vers lui. Client suivant, s'il vous plaît ! lançai-je en regardant par-dessus son épaule.

— À quelle heure est-ce que vous finissez votre

travail ? Nous pourrions aller boire un verre ? me demanda-t-il.

Je lui jetai un coup d'œil rapide tandis que la vieille femme derrière lui s'avança, avec sa canne, en fronçant les sourcils.

— Je dois servir les autres clients, répondis-je, éludant sa question.

Il s'inclina vers la vieille dame derrière lui avec un air d'excuse, passant sa main dans ses cheveux clairs en se redressant, les muscles de sa poitrine tendus sous son t-shirt bleu moulant.

— Je suis vraiment désolé, Madame. Je demandais juste à cette ravissante jeune femme si elle était libre plus tard, cet après-midi, lui sourit-il.

L'air renfrogné de la vieille dame disparut aussitôt, laissant place à un immense sourire. Je levai les yeux au ciel, exaspérée par l'art de la manipulation dont faisait preuve ce client arrogant.

— Vous en avez de la chance, Mademoiselle ! me lança-t-elle.

— Malheureusement, pas tant que ça... Je crains bien de ne pas être libre, cet après-midi, déclarai-je en m'adressant à la vieille dame mais en regardant le type devant moi.

— C'est dommage, dit-il, d'un air sombre, cette fois. Mais je suis sûr que nous nous reverrons, Persy...

Puis il quitta le café à grands pas. Un étrange picotement me parcourut, mais je l'ignorai et tournai mon regard vers la cliente à la canne qui était maintenant devant moi.

— À votre place, j'aurais annulé mes plans ! murmura-t-elle d'un air espiègle, avec un petit sourire et les joues roses. J'ai rarement vu un homme aussi séduisant, même à New York !

— Peut-être, mais j'ai appris à me méfier des hommes séduisants, murmurai-je en retour. Qu'est-ce qui vous ferait plaisir ?

Durant les deux heures suivantes, et malgré l'afflux de clients fidèles à *Easy Espresso*, je fus obsédée par le regard hypnotique de ce type. Pourtant, je pensais sincèrement ce que j'avais dit à propos des hommes séduisants dont il fallait se méfier. Les hommes en apparence polis dont la seconde phrase était pour vous demander d'aller boire un verre étaient pour moi à proscrire. Malheureusement, j'étais davantage attirée par les hommes portant des jeans déchirés, des t-shirts sales, et qui aimaient construire ou réparer – pas vraiment le genre à draguer les serveuses de café.

Cela faisait maintenant un an que je travaillais chez *Easy Espresso*. Ce n'était pas si mal, mais ce n'était pas non plus le job de mes rêves... En même temps, je préférais travailler dans un petit café de quartier plutôt que dans une grande chaîne, sur les grands boulevards, ou les files d'attente étaient interminables, avec des clients impatients et énervés. *Easy Espresso* était l'un de ces endroits conviviaux, situé entre un pressing et une boulangerie, avec seulement trois petites tables à l'intérieur, et autant à l'extérieur. Mon patron, Tom, n'était pas un connard, ce qui était rare à New York et une première pour moi, mais je savais que je n'y étais plus pour longtemps. Il ne me restait plus qu'un semestre aux *Jardins botaniques de New York* et, une fois mon diplôme en poche, je pourrai trouver un travail qui me convienne parfaitement.

Alors que je quittai mon service et enfilai ma veste de motard, Stacey arriva pour prendre le relais, à quatorze heures.

— A demain ! lui lançai-je en me précipitant vers la porte.

J'étais dehors avant même qu'elle n'ait eu le temps de mettre son horrible tablier marron. Les crocus n'allaient pas tarder à s'ouvrir dans mon petit coin de serre et, après le cours de pédologie, j'avais une heure entière avec le professeur Hetz pour revoir les plans de mon jardin privé. Si mon travail était de qualité, il me proposerait une bourse de paysagiste, et j'aurais ainsi la chance de réaliser la carrière de mes rêves. En plus, la mode était aux jardins sur les toits des immeubles du centre-ville, et j'avais bon espoir de trouver un emploi qui me permettrait de rester à Manhattan.

Je courus vers la bouche de métro en souriant, remettant mon sac à main défraîchi correctement sur mon épaule. Les *Jardins botaniques* et le magnifique bâtiment en forme de dôme dans lequel étaient donnés les cours se trouvaient dans le Bronx, à une bonne vingtaine de minutes, et je n'avais que trente minutes avant le début de mon cours de pédologie. Un éclair attira mon attention et je levai les yeux vers le ciel. Des nuages noirs étaient apparus de nulle part. *Bizarre.* La météo avait pourtant annoncé un temps sec et chaud toute la semaine. Après un mois d'avril tristement humide, la ville méritait un peu de soleil ! Autour de moi, les gens commencèrent à se presser, accélérant le pas avec un air renfrogné. Je n'avais pas de parapluie et ma petite veste en cuir n'allait pas me garder au sec très longtemps ; je décidai donc de courir jusqu'au métro, lorsqu'un coup de tonnerre éclata soudain. Mon cœur fit un bond, et – instinctivement – je m'arrêtai pour regarder à nouveau le ciel. Toute la ville grondait et les bâtiments tremblaient. La nuit commença à tomber et, bien qu'il ne pleuve toujours pas, le soleil était complètement dissimulé par d'épais nuages menaçants traversés d'éclairs aux teintes violacées. Un autre coup de tonnerre. Celui-ci était si fort que je sursautai en laissant échapper un cri, plaquant mes mains sur mes oreilles dans un réflexe de protection. La peur m'envahit : l'orage s'annonçait violent et j'aurais de loin préféré être à l'abri chez moi...

— Tu devrais entrer dans le métro, Persy. C'est plus sûr !

Je détournai mon regard vers la personne qui me parlait et découvris avec stupéfaction le bel homme blond de tout à l'heure. Il se tenait à trois mètres de moi, et je réalisai que nous n'étions plus que tous les deux dans les rues. Où étaient-ils tous allés ? À peine trente secondes avant, la rue était encore bondée... *Tout cela est vraiment bizarre...* Je commençai à paniquer et reculai d'un pas. L'homme blond me sourit, me fit un clin d'œil, et s'approcha de moi.

Je haletai. Mon pouls s'accéléra. Je fis un autre pas en arrière, pourtant incapable de détourner mon regard du sien. Ses yeux étaient presque violets, reflétant les couleurs du ciel ; c'était à la fois magnifique et complètement terrifiant. Mon cœur se mit à battre de plus en plus vite et je me contractai, tout mon corps me criant de m'éloigner de lui. Mais j'étais incapable de bouger.

— Qui es-tu ? soufflai-je.

— Si je te le disais, tu ne me croirais pas, sourit-il. Tout ce que je peux te dire, c'est que je n'aime pas qu'on refuse mes invitations...

Ma peur laissa place à la colère. Comment pouvait-il

être aussi arrogant ? Je repensai à Ted Hammond, qui m'avait harcelée durant toutes mes années de lycée. En public, il faisait de ma vie un enfer, et c'était encore pire quand nous n'étions que tous les deux.

— Et donc, dès qu'une fille refuse de sortir avec toi, tu déclenches un orage ? lui lançai-je d'un ton sarcastique, en haussant les sourcils.

Il rit doucement, et j'eus l'impression qu'il devint plus grand. C'était comme s'il me dominait totalement. Je regrettai immédiatement ce que je venais de lui dire, envahie par ce même sentiment d'impuissance qui m'avait terrifiée au lycée.

Je ne fais pas le poids. Je ne peux pas me défendre.

C'était les mêmes pensées qui m'avaient hantée pendant des années...

— Perséphone... Je fais tellement pire que déclencher des orages. Si tu savais...

Soudain, tout son corps devint violet et un éclair éclata dans le ciel, tombant sur lui. La lumière jaillit de lui. J'étais terrorisée. Instinctivement, je m'éloignai de lui en courant à toute vitesse.

— Où est-ce que tu vas, petite Persy ? Tu ne peux pas m'échapper !

Son rire tonitruant résonna dans les rues désertes. Ma poitrine se serra. Mes poumons me brûlaient alors que je courais de plus en plus vite. Je ne savais pas où j'allais ; la panique m'empêchant de raisonner normalement. C'était simplement un besoin animal de fuir, comme si mon corps bougeait malgré moi. Tout à coup, la même lumière violette apparut, m'aveuglant quelques secondes, et je dus éviter de justesse un éclair qui tomba juste devant moi. L'odeur de l'asphalte brûlé emplit mes narines tandis que je tournai en direction d'une bouche de métro à quelques mètres plus loin, dans la rue abandonnée.

— Perséphone... Hadès m'en voudra beaucoup si je te fais frire avant de t'emmener dans son royaume.

Hadès ? Vient-il juste de dire Hadès ?

Je continuai de courir, mes baskets martelant le bitume, ne voyant plus que la bouche de métro face à moi dans laquelle j'allais enfin pouvoir me réfugier et être en sécurité. Mais, alors que j'y étais presque, la sixième avenue se transforma en une prairie, et la bouche de métro en une grotte sombre, comme une énorme bouche béante. Paniquée, je trébuchai et tombai sur un genou, atterrissant sur de l'herbe douce et non sur de l'asphalte dur. J'avais le souffle court, l'esprit confus. Malgré tout, je me forçai à me relever et à faire demi-tour. Qu'était-il en train d'arriver ? Je ne comprenais plus rien ! Je fus prise d'un vertige en découvrant l'immense étendue d'herbe parsemée de fleurs. Je n'étais plus à New York ; j'étais... *ailleurs*. Mais je ne savais pas où.

— Où suis-je ? hurlai-je en cherchant des yeux l'homme blond dont jaillissaient des éclairs.

Des nuages sombres assombrissaient toujours le ciel, plongeant le paysage dans une lumière violette inquiétante.

— Pourquoi suis-je ici ? Qui es-tu ?

Je ne comprenais rien, j'étais terrifiée. Des larmes inondèrent mes yeux. Je devais aller en cours. Il fallait à tout prix que je montre mon jardin au professeur Hetz. J'avais travaillé sur ce projet pendant des mois. Mon avenir en dépendait... Au fond de moi, je savais que, en cet instant, le jardin n'avait pas d'importance, mais je m'y étais consacrée avec tellement d'ardeur pendant si long-temps... C'était l'occasion d'un nouveau départ. Grâce à cela, j'allais pouvoir entamer une carrière et plus personne ne me considérerait comme faible ou pauvre.

Je m'accrochai à cette idée concrète pour tenter de ne pas sombrer alors que tout mon monde était en train de s'écrouler. Je ne savais plus si j'étais en train de rêver ou si tout cela était bien réel, et seule l'idée de mon jardin m'aida à tenir.

Un tonnerre gronda dans le ciel, et la pluie commença à tomber des nuages clignotants, lourde et froide. Je hurlais de colère et de désespoir, cherchant frénétiquement le connard qui était en train de ruiner ma journée.

— Où es-tu, espèce de lâche ?!

En guise de réponse, la pluie se mit à tomber encore plus fort, et des éclairs verticaux tombèrent au sol tout autour de moi.

TROIS

Une dizaine d'éclairs m'entouraient, comme une barrière lumineuse. Je couvris mon visage trempé avec mes mains dans une tentative vaine de me protéger, pénétrée par leur bruit terrifiant. J'avais le vertige. Je devais fuir, vite. Aller quelque part où la foudre ne pourrait pas m'atteindre. Je retirai mes mains et clignai des yeux pour essayer de distinguer quelque chose malgré la lumière éblouissante. Mais tout ce que je pouvais voir, c'était cette immensité verte et vide, et l'entrée de la grotte. Elle était située sur un petit monticule d'environ un mètre, des marches en pierre menant jusqu'à l'entrée.

C'était sûrement là qu'il voulait que j'aille ? Ce qui voulait dire que c'était le dernier endroit où je devais aller.

Un autre coup de tonnerre éclata autour de moi, me faisant sursauter. Je ne pouvais pas rester là. Je devais absolument trouver un endroit où me protéger.

Regardant une dernière fois autour de moi, je me résolus à aller dans la grotte.

Je montai les quelques marches et me baissai pour entrer dans l'obscurité, soulagée de ne plus sentir la pluie tomber sur moi. Essoufflée d'avoir tant couru et crié, je m'assis sur la dernière marche, regardant la prairie alors que j'essayais de rassembler mes esprits. Mes mains tremblaient. Ma bouche était sèche. Je sentais l'adrénaline monter en moi. *Cela ne peut pas être en train de se produire !* pensai-je. Je devais être en pleine dépression nerveuse, ou en train de faire un accident vasculaire cérébral, ou je ne sais quoi d'autre... En tout cas, je n'étais pas dans mon état normal. Peut-être avais-je été renversée par une voiture ? Car s'il y avait une chose dont j'étais certaine, c'était qu'un homme – aussi beau fût-il – ne pouvait pas contrôler la foudre, et encore moins transformer Manhattan en une prairie déserte. Cela serait complètement fou.

C'était tout simplement impossible !

Prenant une profonde inspiration, j'essorai mes longs cheveux noirs. Si c'était une hallucination, cela ressemblait étrangement à la réalité : ils étaient réellement trempés. Machinalement, je fouillai dans mon sac à main et sortis mon téléphone portable. Plus de batterie... De toute façon, qui aurais-je pu appeler ? J'étais probablement allongée au sol dans la sixième avenue, inconsciente, ou – avec un peu de chance – à l'arrière d'une ambulance. Quelqu'un allait certainement penser à recharger mon téléphone et trouver le numéro de mon frère. Je serais alors sauvée. Sam trouvait toujours une solution à tout...

J'inspirai à nouveau profondément. Je commençais à me sentir mieux. Tout cela ne pouvait pas être réel ; j'en étais maintenant certaine. Je n'étais pas dans une grotte, dans une prairie, traquée par un homme qui déclenchait la foudre. *Je suis en train de rêver, c'est tout !* Et, puisque tout cela n'était qu'un rêve, je ne risquais rien à jeter un œil autour de moi. Après tout, si j'étais dans le coma ou dans un autre état que je ne comprenais pas, il se pouvait que je reste ici pendant un moment. Rassurée et confiante, je me levai, surprise que mes jambes soient aussi tremblantes et ma peau aussi froide. Si tout cela n'était qu'un rêve, n'aurais-je pas dû ressentir moins de sensations ?

De toute évidence, c'est un rêve particulièrement intense, pensai-je en essayant de distinguer quelque chose malgré l'obscurité dans laquelle j'étais plongée. Après tout, rêver n'avait rien d'extraordinaire...

Je fis quelques pas prudents. Mes pieds étaient trempés, et je rêvais de tomber sur un dressing avec des vêtements secs, ou sur un sèche-linge. Si j'étais dans un rêve, tout était possible... non ? Peut-être allais-je tomber sur une délicieuse tarte au citron ? Ou sur une ribambelle de mecs sexy en salopette sale avec lesquels je pourrais prendre une douche ?

Alors que j'empruntai un escalier, je commençai à m'habituer à la pénombre. Les marches en pierre étaient usées et inégales, et je pris soin de les descendre lentement, rendant plus interminable encore la progression dans cet escalier qui semblait ne jamais s'arrêter. Cela faisait maintenant au moins dix minutes que je descendais des marches, tentant de conjurer ma peur en pensant à des choses heureuses et positives. Où allais-je atterrir ? J'étais d'autant plus paniquée que plus j'avançais, et plus la température montait. À moins que ce ne soit l'anxiété ? L'anxiété me donnait toujours chaud...

Enfin, après ce qui me sembla durer une heure – mais qui n'avait dû durer qu'une quinzaine de minutes – j'aperçus devant moi une lumière scintillante. Une lumière *bleue*. Curieuse de découvrir ce que c'était, j'accélérai le pas, en faisant toujours attention de ne pas tomber. Peut-être était-ce la lumière d'une ambulance ? J'allais enfin retrouver mon corps et sortir de cette hallucination !

L'escalier tournait, et ma respiration s'accéléra au fur et à mesure que j'approchais de la lumière, des torches accrochées sur les parois rocheuses à intervalles réguliers produisant la fameuse lumière bleue que j'avais aperçue de loin quelques secondes avant.

— Qu'est-ce que..., murmurai-je, levant ma main avec hésitation vers l'une d'elle.

Je la retirai aussitôt, sentant une chaleur intense brûler ma peau avant même que je ne puisse approcher trop près de la flamme. Comment mon cerveau pouvait-il me jouer un tel tour ? Jamais je n'aurais imaginé être capable de tant d'imagination. *Je me demande ce que je vais découvrir ensuite...*

Je n'eus pas à aller beaucoup plus loin avant d'atteindre la dernière marche et d'atterrir dans un long couloir bordé d'autres torches. Le sol était plus lisse, et je pus accélérer le pas sans crainte de trébucher. De temps en temps, je levais les yeux vers le plafond du tunnel. Je n'étais pas claustrophobe, mais c'était la première fois que je me retrouvais sous terre et je voulais m'assurer que tout n'allait pas s'écrouler au-dessus de moi... Je parcourus environ un kilomètre avant d'arriver à une porte en bois sur laquelle était gravée ce qui me sembla être des lettres de l'alphabet grec, toutes brillant du même bleu que les torches sur les murs. Il y avait un anneau de fer au centre ; je tirai dessus avec hésitation. La porte resta fermée. Je tirai plus fort, redoutant de devoir remonter toutes ces marches et retourner à l'extérieur, sous l'orage. La porte ne bougea toujours pas. Désespérée, je laissai retomber l'anneau qui claqua fortement contre la porte et rebondit deux fois. Le bruit qu'il fit retentit dans le long couloir, un son inquiétant qui me figea. Puis, un lent craquement se fit entendre, et je reculai rapidement de la porte. Enfin, elle s'ouvrit.

J'avais été surprise en apercevant la lumière bleue, mais cela n'était rien comparé à la surprise que je ressentis en découvrant la femme qui apparut devant moi.

Elle avait la peau pâle et portait une combinaison en cuir noir, très décolletée. Ses cheveux d'un noir de jais, parsemés de minuscules tresses argentées, étaient relevés en une queue de cheval haute, révélant un tatouage noir complexe sur la moitié inférieure de son crâne rasé. Elle portait une quantité impressionnante de bijoux argentés et tranchants : des boucles d'oreilles en forme de poignards, des bracelets aux poignets, et des fourreaux pour les doigts qui se terminaient par des pointes brillantes semblables à des griffes. Une couronne brillante sertie d'une pierre noire ornait son front, attirant l'attention sur sa caractéristique la plus remarquable : elle n'avait pas de pupilles. Ses yeux étaient entièrement blancs.

— Bienvenue en enfer, dit-elle avec un léger sourire.

QUATRE

Abasourdie et incapable de répondre quoi que ce soit, je regardai sans bouger le blanc de ses yeux couler sur ses joues, laissant place à des iris bleu électrique et des pupilles sombres.

— Ce n'est pas possible ! dit-elle lentement.

J'ouvris ma bouche pour répondre mais aucun son ne sortit. Je la regardai, bouche bée, tandis qu'elle me dévisageait.

— Il t'a trouvée. Il t'a vraiment trouvée ! Oh dieux, Hadès va... Merde, merde, merde, merde ! s'exclama-t-elle de sa voix soyeuse, tapant du pied et serrant les poings.

— Qui m'a trouvée ? réussis-je à prononcer d'une voix à peine audible. Et... pourquoi tout le monde parle d'Hadès ?

La femme se mordit la lèvre inférieure et continua de me regarder en fronçant les sourcils.

— Zeus ! Zeus t'a trouvée. Je n'arrive pas à y croire...

Je laissai échapper un petit rire nerveux, et elle me regarda aussitôt d'un air sombre en mettant une main sur sa hanche.

— Ce n'est pas drôle ! C'est même carrément un désastre !

— Je ne comprends rien à ce que vous racontez... Qui êtes-vous ?

Je repris confiance en moi. J'étais passionnée de mythologie grecque depuis mon enfance, et j'étais certainement en plein rêve – dans quelque chose que j'étais moi-même en train de créer.

— Je suis Hécate. Et tu es Perséphone. Et tu n'es pas censée être ici, c'est de ça que je parle.

— Hécate ? Comme la déesse de la magie ?

— Entre autres, confirma-t-elle. Donc... tu te souviens de certaines choses ?

— De mes études de lettres ? Bien sûr, je me souviens de beaucoup de choses..., répondis-je en fronçant les sourcils. En plus, j'ai beaucoup lu sur l'antiquité grecque et romaine en dehors de mes cours.

— De tes études de lettres ? répéta-t-elle d'un air désolé. Cela veut dire que tu ne te souviens de rien de...

Elle s'interrompit, levant un sourcil en me regardant.

— ... De quoi ? l'encourageai-je à continuer.

Elle soupira.

— Hadès va être hors de lui quand il te verra. Mais c'est la faute de cet imbécile ! Il n'aurait pas dû provoquer le courroux du roi des Dieux.

— C'est Hadès l'imbécile ?

— Oui. Mais pour l'amour des dieux, ne dis pas ça devant lui. Ni que je te l'ai dit...

— Je ne savais pas que j'avais autant d'imagination..., soufflai-je.

— Quoi ?

— Tout ceci n'est pas en train de se passer, expliquai-je. Vous n'êtes pas réelle. Vous êtes le fruit de mon imagination.

Elle afficha un air amusé.

— Vraiment ?

— C'est la seule explication plausible, dis-je. Zeus, Hadès, et les autres dieux grecs n'existent pas. Ça se saurait !

En m'entendant prononcer ces mots, je me mis à douter et à paniquer. Quelque chose n'allait pas. Pas du tout... *Tu dois être gravement blessée ou en train de mourir, et tu délires,* tentai-je de me persuader.

— Tu es dans le royaume des mortels depuis longtemps, Perséphone, dit doucement Hécate.

— À New York, précisai-je en la regardant comme si elle était folle. J'y suis depuis vingt-six ans. Depuis *toujours,* en fait, ajoutai-je en insistant sur cette dernière phrase.

— Bien sûr, répondit-elle d'un ton qui semblait signifier que je me trompais complètement. Qu'est-ce que je vais faire de toi maintenant ? soupira-t-elle.

— De toute évidence, vous attendiez quelqu'un, dis-je en repensant à ses yeux blancs. Vous m'avez accueillie en enfer, je vous rappelle...

— En effet, j'attendais la dernière candidate pour les Épreuves d'Hadès. Je ne m'attendais pas à ce que ce soit toi.

— Les Épreuves d'Hadès ?

— Pour quelqu'un qui invente tout ça dans sa tête, je trouve que tu ne sais pas grand-chose..., me fit remarquer Hécate.

Elle avait raison. Mon estomac se noua à nouveau.

— Alors expliquez-moi..., lançai-je en plaçant mes

mains sur mes hanches pour tenter de regagner un peu de contrôle.

Mais la femme qui me faisait face était clairement cent fois plus forte que moi.

— D'accord... Zeus a décrété qu'Hadès devait se marier. Plusieurs femmes ont donc été choisies pour se soumettre à une série d'épreuves et tenter de devenir la reine des enfers. Je devais rencontrer la dernière candidate ici, aujourd'hui.

— Hadès ne peut-il pas tout simplement choisir une femme qu'il aime ? m'enquis-je en fronçant les sourcils – toute cette histoire me paraissait complètement ahurissante !

— Non. Après sa première femme, il a juré qu'il ne se remarierait jamais. Mais, récemment, il a contrarié Zeus, qui a décidé de le punir...

— En le forçant à se marier ?

— Exactement.

— Mais qu'est-ce que tout ça a à voir avec moi ? Et comment savez-vous qui je suis ?

Elle me jeta un regard inquiet, puis soupira en fermant les yeux, visiblement accablée.

— Quel bordel ! murmura-t-elle en rouvrant les yeux. Je ne devrais probablement pas te le dire, mais tu finiras de toute façon par le découvrir...

— Découvrir quoi ?

— Tu es la première femme d'Hadès.

Je la regardai, médusée, incapable de répondre quoi que ce soit. Puis je me mis à rire nerveusement – de plus en plus fort jusqu'à éclater de rire de manière presque hystérique. Plus je me répétais dans ma tête ce qu'elle venait de me dire, et plus je riais.

— Où est-ce que je suis allée chercher tout ça ? haletai-je entre deux rires, persuadée que ce que j'étais en train de vivre était le fruit de mon imagination. La femme du maître des Enfers ! Je suis complètement cinglée ! pouffai-je avant de rire de plus belle, n'arrivant presque plus à respirer. Je sais que j'aime les *bad boys*, mais... *Hadès* ? C'est peut-être un peu prétentieux de ma part, non ?

— Ce n'est pas comme ça que je voyais la journée d'aujourd'hui, soupira Hécate.

Elle me regarda m'amuser de la situation. Je riais tellement que des larmes se mirent à couler sur mes joues. J'avais comme une montée d'adrénaline et n'étais plus tout à fait moi-même.

— Ça y est ? Tu as fini ? me demanda-t-elle d'un ton sévère alors que je commençais à me calmer, essuyant mes joues humides.

Je hochai la tête.

— Je suis complètement folle ! Il faut que je me réveille maintenant.

— Perséphone, ce n'est pas un rêve ! dit-elle en s'avançant vers moi et en m'agrippant fermement le bras.

— Aïe ! m'exclamai-je, cessant brusquement de rire.

— Tu vois ! Si tu rêvais, tu ne sentirais rien...

Je tirai mon bras et lui lançai un regard noir.

— Tout cela est bien réel, Perséphone. Et crois-moi, il vaut mieux pour toi que tu n'essaies pas d'aller contre la volonté de Zeus ou Hadès. Ni d'aucun des dieux de l'Olympe, d'ailleurs. Si Zeus t'a trouvée et t'a amenée jusqu'ici, alors tu dois participer aux épreuves. Et cela a... des implications.

Je ne répondis rien et gardai mon air renfrogné.

— Bon, je suis désolée, mais ça suffit maintenant ! lançai-je en me tournant, bien décidée à quitter cet endroit.

Mais je fus bloquée par un mur juste derrière moi.

— Où est passé le couloir ? demandai-je d'une voix faible.

Une lumière bleue m'entoura. Paniquée, je me tournai face à Hécate. Ses yeux étaient à nouveau d'un blanc laiteux tandis qu'elle leva les mains au niveau de son visage. De minces volutes de fumée violette s'échappaient de ses paumes et, lentement, formèrent un poignard qui flotta dans l'air, devant moi. Mon cœur tambourinait dans ma poitrine.

— J'ai besoin de m'asseoir, dis-je, sentant que mes jambes allaient bientôt se dérober.

— Perséphone, tu as fait partie de ce royaume, commença-t-elle d'une voix étrange, beaucoup plus formelle. Je n'ai pas le droit de te divulguer ce que tu as vécu ici. Tout ce que je peux te dire, c'est qu'Hadès sera très surpris et en colère de te voir. Et il y en aura beaucoup d'autres qui ne seront pas contents de ta présence. Cette arme fonctionnera ici dans l'Olympe, même contre un dieu ; je te conseille de la garder toujours avec toi.

Le poignard flotta vers mes mains tremblantes et je l'attrapai avec hésitation. C'était un poignard ordinaire, à l'exception du fait qu'il était chaud, et qu'une petite pierre verte était placée de chaque côté du pommeau.

— Merci, murmurai-je.

Je ne réalisais pas trop ce qui était en train de se passer, mais je commençais à comprendre que tout était réel. *Trop réel*, pensai-je en fermant les yeux. *Réveille-toi, réveille-toi, réveille-toi ! Sam, où es-tu, bordel ? Réveille-moi !*

Mais rien ne se passa. Or, tout cela n'avait aucun sens. Comment pouvais-je être la femme d'Hadès. Décidément, je regardais trop Netflix !

Pourtant, quelque part au fond de moi, je sentais que j'avais envie que ce soit vrai. *Pourquoi ? Pourquoi ai-je envie d'une chose pareille ?* Je n'étais pas faite pour être la femme d'un dieu avec qui j'avais apparemment déjà été mariée une fois ; je voulais créer des jardins ! Travailler avec le vivant ! Jamais je n'ai rêvé de vivre dans une grotte avec un poignard magique et des dieux en colère !

— Je veux rentrer chez moi, murmurai-je en implorant Hécate du regard. Je devais avoir une réunion aujourd'hui au sujet de ma bourse...

Ses yeux redevinrent bleus et brillèrent d'une lueur de pitié.

— Je suis désolée. Zeus est un véritable con, même si tu ne dois jamais lui répéter que j'ai dit ça.

— Pouvez-vous me renvoyer d'où je viens ?

Elle secoua tristement la tête.

— Pour votre bien et pour celui d'Hadès, j'aimerais pouvoir le faire. Mais il est impossible d'aller contre la volonté de Zeus.

Elle se pencha légèrement vers moi.

— Tu sais, au fond, que c'est réel, n'est-ce pas ?

Je la regardai d'un air hésitant.

— Je sais que quelque chose ne va pas, finis-je par admettre.

— Peut-être que lorsque tu verras le royaume, une partie de ton passé te reviendra. J'espère pour toi que tu ne te souviendras pas de tout, ajouta-t-elle doucement.

Je fronçai les sourcils.

— Si ce que vous dites est vrai, pourquoi Hadès sera-t-il fâché de me voir ? Avons-nous été en conflit ?

— Quelque chose comme ça… Mais je ne peux rien te confier ; lui seul peut le faire. Et il choisira probablement de ne pas le faire.

— Pourquoi ?

— Persy, n'insiste pas. Je ne peux pas te le dire.

Mes questions semblèrent l'agacer.

— Persy ?

Elle m'adressa un regard d'excuse.

— Pardon. C'est comme ça que je t'appelais. Avant que tu… ne partes.

— Étions-nous amies ?

— Oui. Tu avais une coiffure plus jolie, à l'époque. Et un bien meilleur goût vestimentaire.

Je baissai les yeux sur ma veste en cuir et mon jean déchiré, puis sur son élégante combinaison en cuir noir.

— Oh, fis-je, ne sachant pas quoi ajouter d'autre – comme si mon cerveau avait trop d'informations à traiter d'un seul coup et ne fonctionnait plus correctement. Je n'ai pas les idées très claires, dis-je à Hécate. Et je me sens très fatiguée tout d'un coup.

— Viens ! me dit-elle en me tendant la main. Je vais te trouver quelque chose à manger et des vêtements secs. Et puis je pense que nous avons toutes les deux besoin d'une boisson forte…

J'hésitai un instant puis pris finalement sa main.

CINQ

Hécate me guida à travers un dédale de couloirs, tous éclairés par les mêmes torches à la lumière bleue. Les flammes se reflétaient sur ses bijoux, et je me concentrais sur les motifs qu'elles créaient pendant que nous marchions, afin d'éviter de trop penser. De toute façon, il était inutile d'essayer de me souvenir du chemin si des murs pouvaient juste apparaître et bloquer la route. Tout était tellement improbable... À quoi bon chercher à comprendre ? Je me sentais épuisée et avais hâte de pouvoir dormir. En plus, peut-être qu'en me réveillant je réaliserais que tout cela n'était qu'un mauvais rêve ?

— Techniquement, je suis censée te présenter aux dieux dans une heure, mais je leur ferai savoir que nous serons un peu en retard, me dit Hécate par-dessus son épaule. Zeus, ce connard, ne sera pas surpris..., gronda-t-elle.

— Pourquoi est-il venu me chercher ?

— Je te l'ai déjà dit, parce que ça va contrarier Hadès.

— Eh ben... Apparemment, mon ex-mari me déteste, soupirai-je en levant les yeux au ciel.

Je suis vraiment chez les fous !

Elle s'arrêta et se tourna vers moi.

— Attends, je ne t'ai jamais dit ça...

— Si, vous me l'avez dit !

— Non, je t'ai dit qu'il sera contrarié de te voir. Tu n'es pas censée être ici.

— Pourquoi ? Parce que notre divorce a été compliqué ?

Je n'arrivais pas à croire que je venais de poser une telle question... Étais-je en train de devenir folle, moi aussi ?

— Hmmm, on peut dire ça... Disons qu'il va falloir limiter les dégâts. Je vais faire ce que je peux, mais...

Elle s'interrompit, puis se remit à marcher, me conduisant jusqu'à une autre porte couverte de marques bleu brillant, dont j'étais maintenant certaine qu'il s'agissait de lettres grecques. Persy, ça va être un peu bizarre pour toi. Mais ne panique pas, d'accord ? Essaie d'agir de la manière la plus normale possible.

— Je suis trop fatiguée pour paniquer, de toute façon !

C'était vrai. J'avais de plus en plus de mal à réfléchir, et c'était comme si mes jambes pesaient une tonne. L'adrénaline redescendait.

— En plus, depuis que je suis ici, je ne sais plus trop ce que veut dire normal lui fis-je remarquer. Je ne sais même pas où je suis !

— Tu es dans l'Olympe. Dans la Vierge, plus précisément.

— La Vierge ? Comme le signe astrologique ?

— Chaque dieu de l'Olympe a son propre royaume. En effet, dans votre monde, ces royaumes sont des signes astrologiques. Le royaume d'Hadès correspond à celui de la Vierge.

— Je suis Capricorne. Ça correspond à quel royaume ?

— Celui d'Artémis. D'ailleurs, elle et Hadès ne s'entendent pas. De plus, son royaume est interdit, sauf pour les centaures. Donc, à moins que tu ne caches un corps de cheval sous ce jean, oublie : tu ne pourras jamais y accéder...

— Ah...

Des centaures. Évidemment, il y avait des centaures ici ! La panique se mêla à la fatigue. Je ne pouvais pas être en train de vivre ça ! *Pourtant, c'est le cas...* Heureusement, dans mon malheur, Hécate m'inspirait confiance. *Probablement parce qu'elle est le fruit de mon imagination et que je l'avais inventée exactement pour cette raison.* Je décidai de traiter tout et tout le monde ici comme si tout était tout à fait normal. Quel autre choix avais-je ? Paniquer ne me servirait à rien. Puisque je ne pouvais rien faire pour changer la situation, mieux valait l'accepter.

La pièce de l'autre côté de la porte n'était finalement pas si bizarre que ça. C'était une sorte de dressing, avec des tringles à vêtements d'un côté et, de l'autre, un long comptoir surmonté d'un miroir. La lumière y était aussi moins bleue, la pièce étant inondée d'une lueur pâle plus proche de la lumière du jour.

— Est-ce que toute la Vierge est sous terre ? demandai-je.

Je regrettai immédiatement ma question. S'il n'y avait pas d'extérieur, mieux valait que je ne le sache pas... La panique m'envahit à nouveau, mettant à mal ma nouvelle résolution.

— Non, pas tout, me répondit Hécate en se penchant pour ouvrir un placard sous le comptoir.

Lorsqu'elle se redressa, elle avait un verre dans chaque main et m'en tendit un. Ses yeux redevinrent blancs, et son verre se remplit d'un liquide rouge. Étonnée, je regardai le mien et constatai que la même chose se produisait pour moi.

— Qu'est-ce que c'est ?

— Du vin ! me dit-elle le plus naturellement du monde, tandis que ses iris redevinrent bleus.

— Tu peux faire apparaître du vin ! m'exclamai-je. À ta place, je serais ivre en permanence !

Elle me fit un clin d'œil.

— Qu'est-ce qui te dit que je ne le suis pas ? lança-t-elle en avalant une longue gorgée.

Je sentis le vin. Il avait une odeur divine de cassis et de cerise. J'en bus une gorgée.

— Waouh ! m'exclamai-je involontairement.

Hécate me lança un regard nostalgique.

— En fait, je suis assez jalouse que tu redécouvres l'Olympe. Les premières fois sont toujours les meilleures, soupira-t-elle.

— Et tu ne peux pas me dire pourquoi j'en suis partie ?

— Non. D'ailleurs, je n'en suis même pas sûre moi-même. Mais, même si je l'étais, Hadès me tuerait.

Elle fit un geste de la main, ses yeux à nouveau blancs, et un gâteau au chocolat apparut de nulle part, sur le comptoir, devant le miroir. En le voyant, j'en eus l'eau à la bouche.

— Tu peux faire tout ce que tu veux avec la magie ? lui demandai-je.

— Je peux faire beaucoup de choses, confirma-t-elle

en me dirigeant vers une chaise devant le miroir. Mais tout n'est pas que plaisir et jeu. Je suis aussi la déesse des fantômes. C'est beaucoup moins amusant, crois-moi !

— Vraiment ? m'étonnai-je alors qu'elle me fit asseoir sur la chaise, se tenant derrière moi.

Je la regardai dans le miroir soulever une mèche de mes cheveux noirs et humides. Lorsqu'elle la lâcha, la mèche retomba sur ma veste en cuir avec un bruit de claquement.

— Oui. La plupart se retrouvent coincés dans leur ancienne enveloppe corporelle. Je les aide à s'en détacher...

— C'est pour ça que tu vis dans le monde souterrain ? À cause des fantômes ?

— Bien, nous ferions bien de nous occuper de tes cheveux ! lança-t-elle, éludant ma question. Et mange du gâteau ; ça te fera du bien...

Je pensai un instant refuser, pensant qu'il n'était peut-être pas très sûr de manger de la nourriture provenant des enfers, mais le gâteau était si appétissant, il sentait si bon, que je n'en eus pas la force. De toute façon, quel mal pouvait-il me faire ? Je pris un morceau et mordis dedans avec délectation. Aussitôt, ce fut comme une explosion sensorielle. Je n'avais jamais goûté un chocolat aussi délicieux.

— Oh mon dieu ! gémis-je la bouche encore pleine.

— Il n'y a pas qu'un seul dieu, me corrigea Hécate. Ils sont douze, au total. Et je te conseille de n'en oublier aucun...

— D'accord, répondis-je simplement.

Elle ouvrit le placard derrière moi et fouilla à l'intérieur, certainement à la recherche d'une tenue pour moi.

— Je ne veux pas quelque chose comme...

Je m'interrompis lorsqu'elle se redressa et se tourna vers moi.

— Comme quoi ? me demanda-t-elle en haussant un sourcil.

— Comme ce que tu portes, finis-je pas lâcher, maladroitement. Tu es magnifique ! Mais je ne suis pas sûre d'avoir la poitrine adaptée pour ce genre de tenue...

— Persy, je me souviens parfaitement de ta poitrine... Ne t'inquiète pas, j'avais prévu quelque chose d'un peu plus *classique*, pour toi. Si Hadès te voit dans du cuir moulant, il pourrait casser quelque chose, déclara-t-elle en regardant attentivement une robe verte sur un cintre.

Je ne comprenais toujours rien. Peut-être qu'en rencontrant mon ex-mari j'y verrais plus clair, mais pour l'instant, ce n'était pas le cas ! Je finis mon morceau de gâteau et mon verre de vin, ce qui m'aida à me sentir un peu mieux.

— Parle-moi des épreuves... En quoi ça consiste exactement ?

— Je crois qu'il vaut mieux que tu le découvres plus tard.

Le fait qu'elle ne veuille pas répondre à ma question me fit paniquer. *Ce n'est pas grave. De toute façon, rien de tout cela n'est réel,* tentai-je de me rassurer.

— Est-ce qu'elles sont dangereuses ?

Hécate haussa les épaules.

— Disons qu'il y a eu quelques victimes, dit-elle en faisant glisser un objet bleu pâle d'un cintre.

— Quoi ? m'exclamai-je en me retournant sur ma chaise. Des *victimes* ? Quel genre de victimes ?

— Ne t'inquiète pas... Avec un peu de chance, Hadès trouvera un moyen de ne pas te faire concourir, sourit-elle.

Je savais qu'elle mentait. Je pris une profonde inspiration.

— J'aime beaucoup le vert, dis-je en désignant la robe qui était toujours sur la tringle.

— Oh. Très bien !

— Et puis-je avoir un autre verre de vin ?

— Hécate, pourquoi mes cheveux sont-ils blancs ? demandai-je d'une voix aussi calme que possible. J'en ai eu assez pour aujourd'hui ; je ne suis pas certaine de pouvoir supporter une couleur de cheveux que je n'aime pas...

— Chut..., tu ne t'es encore pas vue en entier. Fais-moi confiance, tu es très belle !

Elle avait transformé le miroir en un immense tableau noir pour que je ne puisse pas me voir, mais une mèche tombait sur mon sein gauche. La robe vert pâle qu'elle avait choisie pour moi avait un décolleté raisonnable, mais était en revanche très serrée à la taille, tandis que le bas, fendu au niveau de la cuisse, tombait au sol comme un liquide turquoise, épousant parfaitement chacun de mes mouvements. Quant à mes pieds – désormais secs – ils étaient chaussés d'une paire de sandales à lacets couleur or.

À part pour la couleur de cheveux, j'étais ravie de ma tenue.

— Bien... Tu es prête ?

— Ai-je le choix ?

— Non ! rit-elle.

Puis elle fit réapparaître le miroir.

— Ta da !

Je restai bouche bée en découvrant mon reflet. Mes

cheveux étaient *blancs*. Pas le blanc gris des personnes âgées, mais un blanc étincelant. Je bougeai ma tête d'un côté à l'autre, et découvris avec émerveillement que des mèches argentées captaient la lumière. Ils étaient ramassés en un chignon lâche duquel s'échappaient quelques mèches légèrement bouclées, encadrant mon visage. J'approchai mon visage et découvris plein de petites tresses un peu partout, comme celles d'Hécate. Grâce aux traits d'eye-liner, mes yeux verts semblaient encore plus verts. Ils avaient la couleur de l'herbe fraîche. Mes lèvres étaient peintes d'un rouge à lèvres pourpre qui les faisait plus pulpeuses. Quant à mes pommettes, elles semblaient plus saillantes.

— Qu'est-ce que tu as... Comment est-ce que tu as...

Je n'arrivais pas à terminer mes phrases, époustouflée par mon apparence. Je ne m'étais jamais trouvée aussi belle !

Hécate m'observait d'un air rayonnant.

— Attends de te voir dans l'une de tes anciennes robes ! me dit-elle, les yeux brillants. Même s'il faut aussi que nous prévoyions des tenues de combat.

— Des tenues de combat ? répétai-je en me tournant vers elle, arquant un sourcil. À part avec mon frère quand nous étions petits, je ne me suis jamais battue. Je suis plus du genre à aimer les gens, les animaux, et la végétation, tu vois ?

— Je suis sûre que ça va te revenir très vite.

J'ouvris la bouche, mais la refermai sans poser de question. Il était inutile de lui demander ce qu'elle voulait dire. Je savais déjà qu'elle allait me répondre que je le découvrirais par moi-même.

— Bien ! Je pense que tu es prête. Termine ton vin, et on y va !

Je bus mon verre sans un mot et me levai d'un bond.
— Voilà ! Je suis prête !
Elle prit ma main dans la sienne.
— Je suis désolée...
— Pour quelle raison ?
— Pour ça, dit-elle.

Et ses yeux devinrent blancs à nouveau.

SIX

Tout se mit à vaciller autour de moi tandis que je fus éblouie par une lumière blanche. Je fermai les yeux et m'agrippai de toutes mes forces à la main d'Hécate, puis j'entendis le murmure d'une foule, qui disparut presque instantanément. J'ouvris les yeux.

— Oh mon dieu, murmurai-je.

J'étais dans une pièce en marbre blanc, face à des rangées de personnes assises. En fait, je ne savais pas si c'était des *personnes* : si la moitié d'entre elles avaient l'air humain, beaucoup ne l'étaient pas. Il y avait une femme avec un visage difforme et des ailes de cuir qui dépassaient de son dos, et une autre – très belle – semblait être en bois. Un homme, qui devait mesurer au moins trois mètres, avait la peau couleur or. Il était installé à côté d'une étrange créature qui avait des jambes en fourrure, semblables à de grandes pattes de chat, et un bec à la place du nez. Au fond, debout en face du mur en marbre blanc, se tenaient trois minotaures, un centaure, et une femme incroyablement bien faite, avec une jambe de bois et des cheveux qui semblaient bouger tout seuls.

Je pris une profonde inspiration. *Okay... Dix points – non, en fait, cent points – pour mon imagination.*

— Je t'avais prévenue, murmura Hécate en me serrant toujours la main.

En me retournant pour la regarder, je me rendis compte que les côtés de la pièce manquaient : les murs étaient remplacés par de grandes colonnes grecques derrière lesquelles il y avait des flammes. Et pas n'importe quelles flammes : des flammes plus grandes que les gratte-ciel. Elles semblaient bondir, danser, et étaient multicolores, avec des teintes de rouge, violet, bleu, et orange. J'étais subjuguée.

— C'est magnifique, soufflai-je.

— Bienvenue aux Enfers ! tonna une voix.

Je me tournai vers le mur derrière moi. Instantanément, mes jambes devinrent comme du coton tandis que je réalisai que j'étais dans la salle du trône. Il y avait une estrade surélevée sur laquelle onze personnes étaient assises sur une enfilade de grandes chaises. Aucune n'était humaine. *Ce sont des dieux !* Le pouvoir qui émanait d'eux était si puissant qu'il était presque palpable.

Tous avaient les yeux rivés sur moi.

— Ce ne devrait pas être à Zeus de t'accueillir ici, dit la plus belle femme que je n'avais jamais vue, assise bien droite sur le bord de sa chaise. Cet honneur aurait dû revenir à Hadès, mais il est... indisposé en ce moment.

Elle avait la peau couleur café et ses cheveux rose pastel étaient enroulés autour de son corps comme une robe, laissant son ventre et ses longues jambes totalement exposés. Ses lèvres pâles étaient de la même couleur que ses cheveux, et ses yeux étaient presque noirs.

— Je suis Aphrodite, se présenta-t-elle.

Je la regardai, bouche bée, incapable de la quitter des yeux. Hécate me serra la main pour me faire réagir.

— Incline-toi ! m'ordonna-t-elle d'une voix calme mais ferme.

Je baissai la tête, en profitant pour respirer profondément.

Reprends-toi, reprends-toi !

— Je suis..., commençai-je en me redressant.

Mais je fus interrompue par un homme qui se leva. Ses yeux étaient brillants et des ondes violettes crépitaient autour de lui.

— Tu es Perséphone, lança-t-il.

— Toi ! m'exclamai-je, la colère s'emparant de moi.

C'était Zeus ! Avec son regard arrogant qui brillait d'une lueur violette menaçante.

— Moi ! confirma-t-il en se penchant légèrement, sa barbe et ses cheveux noirs reprenant la magnifique teinte blonde qu'il avait lorsque je l'avais servi au café. Je suis très heureux que tu aies pu te joindre à nous, déclara-t-il. Quelques présentations rapides, peut-être ? Il serait très impoli de ta part que tu ne nous connaisses pas...

Je lui lançai un regard noir, les lèvres pincées. Ce n'était pas l'endroit pour se confronter à lui ; même moi je le compris.

— Voici mon frère, Poséidon, dit-il en désignant l'homme assis à côté de lui, aux yeux incroyablement bleus, et qui avait l'air de s'ennuyer. Et voici ma charmante épouse, Héra.

La grande dame assise à sa droite inclina la tête vers moi. Je lui fis une révérence en retour. Sa peau était noire de jais, et ses cheveux bleu turquoise formaient une couronne tressée autour de sa tête. Mais elle portait également une vraie couronne, dans laquelle se reflétaient les grandes flammes qui dansaient de chaque côté de la pièce.

— Voici ensuite les jumeaux, Artémis et Apollon, continua-t-il en désignant deux jeunes gens à la silhouette mince et élancée, aux cheveux dorés, et qui arboraient un large sourire.

L'un et l'autre ne devaient pas avoir plus de quinze ans.

— Nous avons ensuite Dionysos.

Zeus désigna un homme qui portait des vêtements de mon monde : un pantalon en cuir moulant et une chemise hawaïenne ouverte jusqu'au nombril. Il me lança un sourire paresseux, ses épais cheveux noirs en broussaille lui donnant l'air d'un adolescent rebelle.

— Ravi de te revoir, Persy ! dit-il d'une voix lancinante, tandis que je lui adressai un sourire poli.

— Hermès..., continua Zeus.

Un homme roux avec une barbe soignée m'adressa un sourire rayonnant, et je ne pus m'empêcher de lui répondre avec le même plaisir joyeux. Il y avait quelque chose chez lui qui me fit du bien et m'apaisa.

— Tu viens de rencontrer Aphrodite. Voici son mari, Héphaïstos.

Un homme avec une épaule voûtée et un visage de travers était assis à côté d'Aphrodite. Il semblait supporter difficilement le tabard en cuir qu'il portait et qui, de toute évidence, était trop lourd pour lui. Il ne me regarda même pas.

— Et voici Arès et Athéna, termina Zeus.

Un homme massif portant une armure grecque complète me regarda à travers la fente de son casque à plumes rouges, tandis que la belle femme blonde, assise à côté de lui, une chouette sur l'épaule et vêtue d'une toge blanche, me fit un sourire discret mais bienveillant.

Athéna avait toujours été ma déesse préférée. Dans tous les livres que j'avais lus sur la mythologie grecque, elle était décrite comme la plus juste et la plus intelligente de l'Olympe, tout en étant fine stratège et une guerrière hors pair. Je l'avais souvent invoquée lorsque Ted Hammond s'acharnait sur moi, au collège. *Même si je n'ai jamais réussi à lui tenir tête*, me rappelai-je avec amertume. Même assise à côté de la silhouette imposante d'Arès, Athéna rayonnait d'un pouvoir supérieur au sien. Je ressentis immédiatement pour elle du respect teinté d'une pointe de jalousie.

Je m'inclinai.

— C'est un plaisir de vous rencontrer tous. Je dois avouer cependant que je suis un peu confuse, dis-je aussi formellement que possible, les lèvres légèrement engourdies par l'émotion. Apparemment, vous me connaissez tous, mais je ne me souviens pas de ma vie parmi vous...

Athéna se leva et je frissonnai – était-ce en raison de sa prestance, de son pouvoir, ou un pressentiment de ma part ? Je n'en savais rien.

— Perséphone, tu as été forcée d'oublier ton passé pour une bonne raison. Ta présence ici est totalement inappropriée, mais nous ne pouvons rien y faire. Le roi des Dieux a pris soin de s'en assurer, siffla-t-elle en adressant un regard noir à Zeus, lequel retomba sur son trône avec un haussement d'épaules paresseux.

— Oups..., lâcha-t-il simplement.

— Je sais que cela peut être difficile pour toi, mais tu dois faire comme si c'était la première fois que tu venais à l'Olympe.

— Euh..., ça ne sera pas difficile pour moi. Je n'ai

jamais vu cet endroit ni aucun d'entre vous auparavant. Je vous découvre pour la première fois !

— Tu ne m'as pas comprise, soupira Athéna. Tu vas vouloir découvrir quel a été ton passé, mais ce serait folie. Tu dois nous faire confiance, à nous qui avons ôté ces événements de ta mémoire. Il faut que tu repartes à zéro. Aujourd'hui est pour toi un nouveau commencement.

Je fronçai les sourcils. J'adorais cette femme et, en même temps, je ressentais de la confusion et de la colère. Je savais qu'elle était en train d'exercer ses pouvoirs sur moi : après tout, elle était une déesse et elle pouvait faire ce qu'elle voulait de moi. Mais les dieux de l'Olympe avaient-ils réellement fait en sorte que j'oublie mon passé ? Comment pouvaient-ils me dire que j'avais été mariée, puis me demander ensuite de ne pas chercher à en savoir davantage ? *Mariée !* Cette simple pensée était risible. Cela faisait plus de six mois que je n'avais pas de petit ami... Comment pouvais-je avoir un ex-mari ? *Rien de tout cela n'est réel, idiote. Tu t'en fiches de ce qu'elle raconte...,* me raisonnai-je. *Sam va bientôt te réveiller, et tu vas ouvrir les yeux dans un lit d'hôpital.*

Rassérénée, je souris à Athéna.

— Très bien, déclarai-je.

Elle pencha lentement la tête vers moi.

— Tu crois que tout cela n'est pas réel, n'est-ce pas ?

Je ne répondis pas et la déesse laissa échapper un long soupir.

— Père, tu peux vraiment être cruel, dit-elle doucement, avant de se rasseoir sur son trône.

— Si Hadès ne se comportait pas comme un enfant désobéissant, je n'aurais pas à l'être ! aboya Zeus.

— Et elle ? Crois-tu qu'elle méritait cela ? intervint Héra en me désignant.

Zeus sembla mal à l'aise et bougea maladroitement sur son siège.

— Tu oublies, cher frère, qu'elle peut potentiellement être dangereuse ! Tu devrais faire plus attention, déclara Poséidon, gardant ses yeux bleus perçants rivés sur moi.

— Dangereuse ? répétai-je, totalement perdue.

— Oui, dangereuse, répéta-t-il.

Quelque chose dans son expression me donna envie d'être ailleurs. De disparaître sur le champ.

— Je l'accompagnerai pendant les Épreuves, elle ne sera un danger pour personne, dit Hécate en s'avançant à côté de moi.

Je poussai un léger soupir de soulagement. Je lui étais tellement reconnaissante de veiller à ne pas me laisser seule. Je sus qu'Hécate m'avait dit vrai : elle et moi avions sans nul doute été amies par le passé.

— Très bien. Elle doit aussi être accompagnée d'un garde. De mon choix, dit Poséidon, détournant enfin ses yeux de moi, et se tournant vers Zeus.

— J'aimerais moi aussi lui choisir un garde, s'empressa d'ajouter Athéna.

— Comme je suis sûr qu'Hadès le ferait, s'il était là, ajouta Héra.

Zeus leva les yeux au ciel et soupira.

— Pourquoi ai-je besoin de gardes ? demandai-je à Hécate.

— Ses pouvoirs n'ont pas été débloqués, dit Hécate d'une voix forte aux dieux devant nous, ignorant ma question. Elle n'a pas besoin de gardes...

— Mes *pouvoirs* ?

Je la regardai bouche bée, paniquée. *Remarque, si c'est moi qui invente tout ça, il est normal que je m'attribue des pouvoirs. Pourquoi serais-je la seule à ne pas en avoir ?*

— Laissez-moi deviner, intervins-je avec un sourire confiant. J'ai le pouvoir de faire pousser les plantes, c'est ça ?

C'était le seul pouvoir qui m'intéressait vraiment, et c'était donc celui que je m'étais certainement attribué...

Hécate me regarda en fronçant les sourcils.

— Comment le sais-tu ?

— Parce qu'Hadès lui a laissé son amour de la nature lorsqu'il l'a envoyée dans le monde des mortels, déclara Héra d'une voix à peine audible.

Le silence s'abattit sur la pièce. J'essayai de comprendre ce que tout cela signifiait, mon esprit vaguant au gré des flammes qui dansaient tout autour de nous.

— Je suggère que Perséphone choisisse son propre garde. Nous lui ferons des propositions ce soir, après la première Épreuve, dit Athéna avec autorité.

— D'accord, dit Zeus en s'avançant sur son siège. Je crois qu'Hadès ne viendra pas, maintenant.

— Et pourquoi, mon frère ? gronda une voix sortie de nulle part.

La température de la pièce baissa brusquement, me donnant la chair de poule. J'avais peur, sans savoir pourquoi. Je sentis Hécate se raidir à mes côtés.

— Hadès ! lança Zeus en regardant autour de lui, les yeux brillants. Je suis si heureux que tu aies pu finalement te joindre à nous ! J'ai une surprise pour toi...

Un tourbillon de fumée noire apparut au centre de l'estrade et forma petit à petit une silhouette d'homme.

— Une autre candidate pour vos stupides Épreuves, siffla la voix avec une violence inouïe.

Je ressentis une forte envie de fuir cet endroit.

— En effet, dit Zeus, un large sourire barrant son visage.

La fumée était presque solide maintenant, mais pas encore tout à fait. La forme devant moi était translucide et pas encore reconnaissable.

Jusqu'à ce qu'il se tourne vers moi.

Pendant une fraction de seconde, tout autour de moi disparut complètement. Ce sont ses yeux que je vis en premier, son corps ne prenant forme que pendant une fraction de seconde. Ce fut si rapide que je faillis le manquer. Mais je le vis toutefois suffisamment longtemps pour me souvenir de ses épaules massives, de son pantalon et de sa chemise sombres, de l'onyx brillant au centre de la ceinture autour de sa taille. Et de ses yeux. *Ils ont la couleur de l'argent.* Ils n'étaient pas blancs, ni gris, ni bleu pâle, mais *argent*. Et brillants d'une lueur qui exprimait le choc. Aussitôt, je fus envahie par une multitude d'émotions que je n'avais jamais ressenties auparavant, avec une soudaine envie d'être libre. La sensation était si forte que je fus prise de vertiges et nausées.

J'ai connu cet homme. D'un seul coup, je sus que tout ce que je m'étais dit jusque-là pour me rassurer, me convaincre que rien n'était réel, était faux. En fixant ses yeux argent, je réalisai que j'avais connu cet homme. *C'était réel.*

Captivée par la colère qui éclata dans ses yeux, je n'eus pas le temps de voir le reste de son visage avant qu'il ne disparaisse. La pièce vibra d'une force violente. J'étais terrorisée, et ne pus refréner mon hurlement. Des images cauchemardesques envahirent mon esprit : du sang, la mort, des entrailles, et des flammes. C'était si réel que je sentais l'odeur et le goût du sang, j'entendais le crépitement des flammes. Partout autour de moi, des personnes gémissaient de douleur, tandis que d'autres gisaient au sol, mortes. *Je me noyais dans le sang.* Je suffoquai. Mes jambes se dérobaient. Je finis par tomber à genoux au sol, heurtant violemment le marbre.

— Qu'est-ce qu'elle fait ici ? rugit Hadès, si fort que je plaquai mes mains sur mes oreilles et fermai les yeux.

C'était inutile. Je ne voyais que des corps déchirés, léchés par les flammes. Je tenais désespérément ma gorge, incapable de respirer. *Je me noyais dans la peur et le sang.*

— Hadès ! lança Hécate. Elle a perdu son pouvoir, tu vas la tuer !

Elle était à côté de moi, mais il y avait tellement de bruit autour de nous que j'avais l'impression de l'entendre de très loin.

Mais, soudain, la terreur disparut et un calme absolu s'empara de moi. Je pus à nouveau respirer normalement, pressant mes mains tremblantes sur mon visage humide tandis qu'Hécate s'agenouilla à côté de moi.

— C'est fini, dit-elle doucement. Ça va aller...

—Partez, tous ! ordonna la voix d'un ton ferme, bien qu'elle ait perdu sa violence. Sauf toi, mon frère. Nous devons parler, toi et moi.

Hécate nous fit sortir de la salle du trône d'un seul geste. Dès nous fûmes seules, la terreur m'envahit à nouveau. Je sentis mon niveau d'adrénaline monter et mon estomac se soulever.

— Je n'aurais peut-être pas dû te donner autant de vin rouge... À moins que ce ne soit le gâteau au chocolat ? marmonna Hécate, les yeux rivés sur la flaque de vomi par terre.

Puis il y eut un pétillement et tout disparut, le sol redevenant propre et limpide en une fraction de seconde.

— Tiens, dit-elle en me tendant un verre d'eau.

Je le pris avec des mains tremblantes et elle me fit asseoir sur le tabouret.

— Je n'ai jamais vu Hadès perdre le contröle à ce point. Je suis désolée.

— Quel est son pouvoir, tuer en faisant peur ? demandai-je, sarcastique et amère.

— Non, mais c'est un effet secondaire malheureux pour les humains...

J'inspirai, tremblant encore.

— J'ai vu... j'ai vu des choses horribles, dis-je doucement.

— Des morts ? me demanda-t-elle en haussant un sourcil, ses tresses en argent luisant tandis qu'elle penchait la tête vers moi.

J'acquiesçai d'un hochement de tête.

— Oui. Beaucoup de morts.

— Hadès est le dieu des Morts. Il est le plus redoutable de tous les dieux de l'Olympe, bien qu'il ne soit pas le plus fort. Sa rage fait voir la mort à n'importe quel humain. Et crois-moi, je ne l'avais jamais vu aussi enragé.

Elle expira en se mordillant la lèvre.

— C'est rare qu'il laisse exploser sa véritable nature devant d'autres personnes. Très peu dans l'Olympe ont déjà vu ses yeux.

Je repensai à ces yeux argentés. Emplis de désespoir et de puissance.

— Je le connais, dis-je doucement en fixant mon verre.

— Oui, confirma Hécate, posant sur moi ses yeux bleus pleins de compassion.

— Mais... Ma vie. Ma vie à New York... ?

Ma vraie vie me semblait tellement lointaine que j'en eus presque le vertige, comme si c'était cette vie-là, en réalité, qui était un rêve. Je sentais que ma vie d'avant m'échappait. Était-ce parce que j'étais en train de mourir quelque part à New York ? Est-ce que tout cela allait aussi bientôt se terminer ? Ou était-ce la réalité ? *Les yeux d'Hadès...* Je savais, avec une certitude que je n'éprouvais pour rien d'autre, que ce n'était pas la première fois que je voyais ces yeux. Ils me rappelaient quelque chose. Mais quoi ? Était-ce de l'amour que j'avais un jour ressenti pour lui, mon mari ? Pourtant, cela ne ressemblait pas à de l'amour. Et, de toute façon, comment aurais-je pu aimer quelqu'un dont le pouvoir était de remplir l'esprit des gens de scènes aussi cruelles et cauchemardesques ?

— Je suis désolée que vos retrouvailles se soient déroulées ainsi. Je savais que ça allait être violent, mais... jamais je n'aurais pu penser qu'il irait aussi loin. Pourtant, fais-moi confiance, je suis sûre que tout va s'arranger. Peut-être. Si tu apprends vite et que nous réussissons à faire en sorte que tu ne sois plus si... *humaine*.

Je la regardai en clignant des yeux.

— D'accord, dis-je simplement, ne trouvant aucune réponse plus appropriée.

— Il doit y avoir un moyen de débloquer tes pouvoirs, mais nous devrons y aller petit à petit. Et il te faut un garde adapté ; pas le premier imbécile venu. J'espère pour toi que tu auras un garde choisi par Athéna ou Hadès. Poséidon ne fera que te trouver un rabat-joie qui ne t'avancera à rien !

— Pourquoi pense-t-il que je suis dangereuse ?

— Persy, je ne peux toujours rien te dire. Ça ne sert à rien que tu me poses des questions...

— Ça ne sert à rien que je pose des questions ? répétai-je avec colère. Tu te moques de moi ?!

— Écoute, comme te l'a dit Athéna, tu dois accepter que le passé est le passé. C'est tout.

Je la fixai, ressentant un frisson de satisfaction lorsque la confiance sur son visage disparut. Je n'étais pas du genre à impressionner les gens, mais jamais je n'avais ressenti une telle colère, ni une telle détermination.

— J'ai été kidnappée. On me dit que toute ma vie n'a été qu'un mensonge, et que j'ai été mariée à un homme dont je ne soupçonnais même pas l'existence. Et, comme si tout cela ne suffisait pas, vous voulez en plus que je concoure pour épouser ce même homme, lequel a pourtant déjà décidé de ne pas se marier avec moi, préférant vivre dans un monde de mort, alors que tout ce que j'aime est justement la nature et la vie.

Je me levai du tabouret, hors de moi.

— Et toi, maintenant, tu me demandes de ne pas poser de questions ?

— Calme-toi, dit doucement Hécate.

— Me calmer ? Mais comment veux-tu que je me calme ? Remarque, j'imagine que pour toi, tout ça est normal : vivre dans les enfers, faire apparaître du vin... Je ne sais même pas pourquoi je te parle !

Je me retournai et enfouis mon visage dans mes mains. La panique me serra à nouveau la poitrine.

— Il est hors de questions que je me soumette à vos Épreuves ! repris-je. Je ne veux pas être ici. Je ne veux rien avoir à faire avec une créature cernée par la mort ; qui *incarne la* mort.

Des larmes roulèrent sur mes joues.

— C'est un cauchemar ! S'il te plaît, laissez-moi partir d'ici. Je vous en supplie... Je ne peux pas rester ici !

Je ne savais pas à qui je m'adressais exactement, mais je pensai que si j'étais suffisamment sincère, peut-être que mon souhait serait réalisé... C'était encore pire que mes années de collège, où j'étais pourtant harcelée toute la journée. C'était pire que Ted Hammond qui soufflait dans mon cou, me poussait, et me pelotait. Ces corps en feu, l'odeur du sang, la terreur... C'était pire que la mort !

— Je suis désolée, Perséphone. Mais tu n'as pas le choix : tu dois participer aux Épreuves, murmura Hécate d'une voix qui trahissait la peine qu'elle ressentait pour moi. Je vais t'envoyer dormir maintenant. Je te réveillerai avant la première Épreuve.

— Non, s'il te plaît, ne fais pas ça ! l'implorai-je en me tournant vers elle.

Mais je perdis connaissance avant même d'avoir le temps de voir son visage.

Je clignai des yeux. Tout était flou autour de moi. J'étais dans un lit, sur un matelas moelleux, et sous une épaisse couette en duvet qui me couvrait tout entière jusqu'au cou. C'était confortable, et je m'enroulai dedans en me tournant sur le côté, essayant de chasser les images de ces dernières heures qui commençaient déjà à m'assaillir. Ma gorge était nouée, mon cœur était lourd. Car j'étais maintenant parfaitement certaine que, en sortant de ce lit, j'allais retrouver ce monde terrifiant, et non le mien. Je savais, à présent, que – aussi fou et improbable que cela puisse paraître – tout était bel et bien réel.

— Merde, marmonnai-je. Merde, merde, merde !

Qu'étais-je censée faire ?

Je repensai à ce que m'avait dit Athéna sur le fait de lâcher prise et de passer à autre chose. Selon Hécate, je n'avais pas le choix : je devais participer aux Épreuves. Pour épouser le dieu des Enfers. Je frissonnai. Je ne pouvais tout de même pas épouser ce monstre ! Il en était hors de question, putain ! Qui voudrait devenir la femme d'un homme qui n'était qu'un nuage de fumée ? Je fermai les paupières, désespérée, hantée par ces yeux argent et terrifiants.

Tu as déjà été mariée avec lui. Comment ? Comment était-ce possible ? Jamais je n'aurais été capable d'aimer un homme comme lui. Il était monstrueux ! Même si je n'étais pas une mauviette, je n'étais pas non plus du genre sadique. Je ne me voyais pas vivre dans le sang et la torture. Soudain, j'imaginai ce que devait être le sexe avec un homme qui n'était que fumée et mort. Probablement plus original que tout ce que j'avais connu jusque-là... *Arrête,* me réprimandai-je.

Tout ce que j'avais à faire, c'était de ne pas gagner les Épreuves. D'après ce que j'avais compris, si je perdais, je n'aurais pas à l'épouser... De toute façon, il était fort à parier que je ne gagne pas quoi que ce soit. Mais, que se passerait-il une fois que j'aurais perdu ces fameuses Épreuves ? Allais-je rester dans l'Olympe ? Ou retourne-rais-je à New York ? Quelle que soit la réponse, c'était en tout cas mieux que de vivre à jamais dans le monde souterrain. Y avait-il des jardiniers dans l'Olympe ?

Je restais cachée sous ma couverture, même si je savais que la panique et le déni me feraient certainement plus de mal que de bien. Si je devais me battre, comme Hécate l'avait suggéré, je serais sûrement en danger. Il fallait donc que je sois forte, ce qui n'était pas ma caractéristique première... J'avais plutôt tendance à éviter les conflits. Pourtant, je refusai d'être la cible de toutes ces créatures sous prétexte que j'étais humaine. J'avais déjà vécu cela au collège, parce que mes parents étaient pauvres ; il était hors de question que ça recommence ! La première fois, il m'avait fallu six ans pour m'en sortir. Six ans pour retrouver confiance en moi et me dire que j'étais capable de me débrouiller seule à New York et réaliser mes rêves. Six ans pour parvenir à ne plus me laisser faire lorsque l'on m'importunait. Le visage de Zeus me revint à l'esprit, se confondant avec celui de Ted Hammond. Je fronçai les sourcils. *Non ! Je ne vais pas revivre la même situation qu'il y a six ans !* me dis-je, enfouissant mon visage dans l'oreiller. *Ce n'est pas possible, putain !*

Hécate m'avait dit que, dans cette vie que j'avais oubliée, j'avais de belles tenues. Et des pouvoirs. Je me demandai de quels pouvoirs il pouvait bien s'agir... Tout ce que je savais, c'était que Poséidon avait évoqué ma dangerosité. Peut-être devais-je suivre les conseils d'Athéna : oublier le passé et passer à autre chose ? Tant pis si je devenais dangereuse à nouveau. Au moins, tout le monde aurait peur de moi, y compris ce connard aux yeux violets, Zeus.

— Toc ?

— Oui ? répondis-je à contrecœur, me couvrant la tête avec la couette.

— Tu es réveillée ? C'est parfait ! lança Hécate en entrant dans la pièce, ouvrant l'énorme porte en acajou.

J'étais dans une pièce sans fenêtre. Les murs étaient tous peints en bleu marine profond, et le plafond dégageait la même lumière du jour que les murs du dressing. Il y avait une immense armoire d'un style ancien mais qui semblait hors de prix, et une petite coiffeuse, et un comptoir sur lequel étaient alignées des bouteilles en verre contenant des liquides colorés.

— C'est un bar ?

— Oui...

— Génial !

Je me levai d'un bond, jetant la couette au pied du lit, et me dirigeai vers le comptoir où je me versai une dose de liquide ambré dans l'un des deux verres qui étaient posés à côté.

— Tu ne veux pas savoir ce que c'est avant de le boire ? me demanda Hécate.

Mais j'ignorai sa question et bus le verre d'une seule traite. Le liquide me brûla la gorge, et mes yeux s'emplirent de larmes, mais c'était exactement ce dont j'avais besoin. *Du feu dans mon ventre*, pensai-je en respirant entre mes dents. J'avais besoin de feu dans mon ventre.

— Est-ce que tu peux me montrer la tenue la plus effrayante que j'ai dans ma garde-robe, s'il te plaît ? demandai-je à Hécate en la regardant. J'ai décidé d'arrêter d'avoir peur !

— Je suis tellement contente de t'entendre dire ça ! s'exclama-t-elle d'un air profondément réjoui. Tu as raison de vouloir être effrayante, car tu es sur le point de combattre un démon...

Ma nouvelle détermination, bien que profonde, se fissura.

— Un... démon ?

— Oui, mais d'un grade inférieur, car c'est ta première Épreuve. Crois-moi, tu peux le battre facilement...

— Hécate, la dernière fois que j'ai combattu quelqu'un, c'était Sam, il y a quinze ans !

— Qui est Sam ?

— Mon frère. Enfin... C'est en tout cas ce que je pensais jusque-là, répondis-je. J'imagine que je ne le reverrai plus jamais, murmurai-je, ressentant une douleur dans le ventre.

— Quand tu seras mariée à Hadès, tu pourras faire tout ce que tu veux, alors ne t'inquiète pas pour ça, me rassura-t-elle en haussant les épaules.

J'ouvris la bouche pour lui dire que je comptais tout faire pour ne pas épouser Hadès, mais je m'abstins. Elle avait beau m'inspirer confiance, ce n'était peut-être pas une bonne idée de lui confier tous mes plans. Je devais mettre toutes les chances de mon côté si je voulais revoir mon frère un jour...

— Okay... Mais, donc, comment est-ce qu'on combat un démon ?

— Cela dépend de quel type de démon il s'agit.

Elle se tourna vers l'armoire et l'ouvrit en grand, révélant une quantité infinie de tenues, de tous les styles et de toutes les couleurs.

— Il n'y a pas beaucoup de tes anciennes tenues, ici, mais je m'en souviens suffisamment pour faire quelque chose de bien ! me lança-t-elle avec un clin d'œil complice.

— Merci... Mais, sérieusement, comment est-ce qu'on combat un démon ?

HUIT

Un bref instant plus tard, j'étais de retour dans la salle du trône avec Hécate, légèrement étourdie par le transport aussi rapide que violent pour le corps. Heureusement, je réussis à ne pas vomir, cette fois, ce que je considérai comme une petite victoire.

Mes cheveux blancs étaient noués en une queue de cheval haute, et une bande d'argent sertie d'émeraudes entourait ma tête et retenait mes cheveux parfaitement en arrière.

— Pour ne pas gêner ta vision lorsque tu combattras le démon, m'avait expliqué Hécate.

De la même manière, la tenue qu'elle avait choisie pour moi était avant tout pratique, pour ne pas entraver mes mouvements : un pantalon noir en cuir souple, et un corset en cuir un peu moins souple, suffisamment épais pour me protéger des coups de griffes. Cela étant, il couvrait à peine ma poitrine, et je n'étais pas certaine d'être complètement protégée...

Je n'aurai qu'à rester à l'écart, me dis-je. C'est que je faisais toujours pour ne pas avoir d'ennui. Et puis, par chance, je m'étais mise au jogging cette dernière année. Je n'avais pas prévu que cela me servirait à mieux combattre des démons, mais j'étais en tout cas heureuse d'avoir pris cette résolution...

La salle du trône était vide, et j'en profitai pour me rapprocher de l'estrade. Seuls deux trônes s'y trouvaient, massifs et imposants. Ils étaient à couper le souffle. L'un d'eux était fait entièrement de restes humains ; je supposai qu'il devait appartenir à Hadès. Je frissonnai en observant les crânes qui constituaient le dossier incurvé, les os longs des membres qui faisaient office de pieds, et ceux des côtes utilisés pour les accoudoirs.

Mais, si ce trône faisait peur, le deuxième était presque plus effrayant encore. Il était fait d'une sorte de fil barbelé épais qui formait comme une sorte de rosier. De grandes fleurs métalliques aux bords tranchants et déchiquetés composaient le dossier et l'assise de la chaise – en tout cas, ce que je supposai être l'assise, car je ne voyais pas comment quelqu'un pouvait s'y asseoir sans se couper. Quant aux pieds et aux accoudoirs, ils étaient formés de cornes qui avaient presque l'air de poignards.

D'instinct, je fis un pas en arrière. Jamais je n'aurais imaginé que des trônes puissent être si bizarres et, surtout, si dangereux. Incapable de les regarder plus long-temps, je me tournai face aux grandes flammes qui dansaient toujours, d'un côté et de l'autre de la salle du trône.

— Qu'y a-t-il sous nos pieds ? demandai-je à Hécate.

— Encore du feu, dit-elle en haussant les épaules, comme si c'était la chose la plus naturelle au monde.

— Peut-on rentrer dans cette pièce sans y apparaître grâce à des pouvoirs magiques ?

— Pas que je sache...

— Non, il n'y en a pas. Mais si tu trouves que cette salle est belle, attends de voir *ma* salle du trône.

Je me retournai lentement, sachant déjà qui avait parlé. Son arrogance était reconnaissable entre mille.

— Zeus ! dis-je en serrant les dents.

Il avait l'apparence du jeune homme blond que j'avais servi au café.

Hécate baissa la tête et m'implora du regard de faire comme elle, mais je m'y refusai. Il était hors de question que je me laisse intimider par ce crétin.

— Tu es devant le roi des Dieux. Je te suggère de me montrer un peu plus de respect, sourit-il.

— Pourquoi ? sifflai-je. Parce que tu m'as enlevée uniquement pour un jeu stupide avec ton frère ? Tant que nous ne serons pas sur le même pied d'égalité, tu n'auras pas mon respect.

J'entendis le léger gémissement d'Hécate tandis que les yeux de Zeus s'assombrirent et que sa silhouette de surfeur commença à s'élargir devant moi.

— Tu ferais bien de te rappeler qui je suis, petite mortelle, rétorqua-t-il d'un air cette fois sévère.

Des éclairs violets grésillèrent autour de lui, mais je tins bon et ne me laissai pas impressionner. Qu'avais-je à perdre, de toute façon ? Si je devais vraiment me soumettre aux Épreuves, ce n'était pas le moment de faire preuve de timidité...

Je le défiai du regard tandis que les éclairs s'intensifiaient et qu'il s'approchait de moi.

— Ne risques-tu pas d'avoir des ennuis si tu tues la fille que tu t'es donné tant de mal à trouver ? lui demandai-je d'une voix chantante.

— Des *ennuis* ? Moi ? Personne ne châtie Zeus ! tonna-t-il.

Il faisait maintenant plus de trois fois ma taille, atteignant presque le haut plafond voûté de la salle du trône, mais je ne reculai pas. Malgré la peur qui me tenaillait, je gardai un visage impassible.

— Si tu touches à un seul de ses cheveux, nous saurons enfin qui de toi ou de moi est le plus fort ! siffla une voix.

La température dans la pièce baissa drastiquement, comme plongée dans la glace, et une volute de fumée apparut, faisant un bruit de crépitement angoissant qui fit naître une tension palpable. Aussitôt, Zeus commença à rétrécir, la tension disparaissant à mesure que sa taille diminuait.

— J'aime les femmes qui savent se défendre, déclara Zeus alors qu'il atteignait à nouveau une taille humaine. Cela ne peut que rendre les choses plus intéressantes que je ne les avais prévues, ajouta-t-il en souriant.

J'ignorai son air arrogant et me tournai vers Hadès. Je voulais revoir ces yeux. À tout prix. Ils étaient la seule chose dont je me souvenais, ici. La seule chose qui semblait avoir du sens pour moi depuis que j'étais arrivée dans ce monde de fous, même si je ne savais pas encore quel sens je devais leur donner...

Mais tout ce que je pouvais voir, c'étaient des suggestions de traits : l'esquisse d'une bouche, ou un minuscule éclair d'argent au milieu d'une fumée noire. Rien à quoi je puisse m'accrocher. Il me fixait pourtant, je le sentais.

— Nous n'avons pas été officiellement présentés, dis-je, la bouche sèche. Je suis Perséphone.

Les voilà ! Ces orbes d'argent... Ils apparurent pendant à peine une seconde – si brièvement que je faillis ne pas les voir.

— Tu ne devrais pas être ici !

Il avait la voix d'un serpent.

— Oui. C'est ce qu'on m'a dit. Mais je suis là, alors...

— Tu es une humaine ; une mortelle. Tu as très peu de chances de remporter les Épreuves. Quand elles seront terminées, tu seras renvoyée à New York.

Je fus si soulagée que mes genoux manquèrent de se dérober. Le plan d'Hadès était le même que le mien.

— Si elle survit ! ajouta Zeus, qui se dirigeait vers les trônes, sur l'estrade.

Un courant chaud traversa la pièce froide tandis que des volutes de fumée s'échappaient de la forme d'Hadès.

— Donc j'avais raison ? Tu ne peux pas me tuer ? Ni me blesser ? demandai-je à Zeus.

Je le regardai d'un air défiant mais, en réalité, ma confiance en moi commençait à se fissurer. Mes paumes étaient moites, comme chaque fois que j'étais stressée.

Zeus me regarda dans les yeux en agitant ses mains, faisant apparaître onze autres trônes sur l'estrade – le trône en roses métalliques s'évanouissant – puis alla s'installer sur le sien, lentement.

— Pas pendant les Épreuves, non. Et de toute façon, je ne veux pas te blesser. Il y a tellement d'autres choses que je préférerais faire avec toi...

Une vague de chaleur plus forte m'enveloppa et, pendant une seconde, je crus voir la poitrine d'Hadès se solidifier sous la fumée.

— Je vois..., dis-je en serrant les poings. Eh bien, dans ce cas, je voudrais profiter de cette occasion pour t'informer que tu es l'un des plus gros connards que je n'ai jamais rencontrés.

Gênée, Hécate toussa légèrement. Quant à moi, je laissai mon large sourire s'étaler entièrement sur mon visage. Les yeux de Zeus brillèrent d'une lueur féroce, mais je n'étais pas sûre que ce soit de la colère.

— Hadès, mon frère ! Je comprends mieux pourquoi tu aimais cette fille, et pourquoi ce fut si difficile de la laisser partir.

— Assez ! aboya Hadès, la température montant d'un cran. Où sont les autres ? s'exaspéra-t-il en se dirigeant vers les trônes d'un pas décidé, malgré ses jambes de fumée.

J'étais fière de m'être défendue. Même si je n'étais pas certaine d'avoir fait reculer Zeus. En fait, j'avais l'horrible sentiment que je venais de l'intéresser *davantage* à moi.

— Je ne les ai pas encore invoqués, sourit le roi des Dieux.

Puis il claqua des doigts.

La pièce commença à se transformer autour de moi, le sol grondant et des éclairs de lumière blanche apparaissant de toute part. J'étais complètement désorientée. J'étais en train de descendre plus bas, prise dans une fosse circulaire qui s'arrêta à environ trois mètres sous le reste de la pièce. L'estrade était maintenant en forme de cercle, au-dessus de moi, et les dieux apparurent un par un sur leurs trônes, me dévisageant. Je me retournai lentement, voyant trois nouveaux visages de l'autre côté de la fosse, et un homme en toge blanche qui se tenait à côté d'un énorme plat en fer. Hécate se tenait toujours à côté de moi dans la fosse. Je la regardai d'un air interrogateur.

— Ce sont les juges, m'informa-t-elle. Et lui, c'est le commentateur. Il tient un plat à flamme qui nous sert à envoyer des images au reste de l'Olympe – un peu comme les téléviseurs dans le monde des mortels.

Pendant qu'elle parlait, des flammes orange vacillant doucement dans le plat en fer au-dessus de nous, grandirent d'un coup, devenant presque blanches, puis disparurent, remplacées par une image de la forme enfumée d'Hadès. Je jetai un coup d'œil à l'endroit où le dieu était réellement assis, dans son trône fait de crânes et d'os. Je frissonnai en découvrant qu'il était en train de me fixer.

— Comme vous le savez tous, désormais, voici la dernière candidate participant aux Épreuves d'Hadès, déclara-t-il, l'image dans le plat prononçant les mêmes mots simultanément, comme une télévision – Hécate avait raison. Il y aura trois parties, chacune composée de trois épreuves. Celle qui est actuellement en première place, Menthé, a remporté cinq jetons. Pour la battre, Perséphone devra en gagner au moins six, et battre le squelette de Sparte.

Hadès se tut et je le regardai en frissonnant, sursautant lorsque le commentateur prit à son tour la parole.

— Bonjour, Olympe ! Comme vient de l'annoncer le dieu des Enfers lui-même, nous accueillons la dernière candidate aux Épreuves d'Hadès. Sera-t-elle plus forte que la bien-aimée Menthé afin de gagner sa place sur le trône des roses ? Elle commence par une épreuve facile : un squelette de Sparte. Comme vous le savez tous, les Épreuves d'Hadès ont été organisées pour désigner la future épouse du dieu des Enfers, en veillant à ce qu'elle soit dotée des quatre valeurs les plus chères à nos dieux, qui sont la force, l'intelligence, la loyauté, et l'hospitalité.

Il ressemblait à un présentateur de télévision de mon monde, parlant avec un enthousiasme exagéré. Je l'écoutai attentivement ; la première épreuve était donc censée tester ma force ?

— Je dois dire que cette nouvelle candidate semble à la hauteur de ce qui l'attend, même si nous ne savons pas qui elle est vraiment. Car, finalement, nous ne savons rien de son histoire ou de ses pouvoirs. Mais nous le découvrirons en la regardant se battre...

Je fronçai les sourcils.

— Si j'ai déjà été mariée à Hadès, comment se fait-il qu'ils ne sachent pas qui je suis ? chuchotai-je à l'oreille d'Hécate.

— Les dieux t'ont rayée de l'Histoire olympienne. Eux seuls, et une poignée de dieux inférieurs du monde souterrain, comme moi, savent que tu as déjà existé.

— Ah...

J'étais stupéfaite. Rayée de l'Histoire ? N'était-ce pas quelque peu... extrême ? *Qu'est-ce qu'il s'est passé pour qu'ils en arrivent là ?* J'aurais tellement aimé le savoir, me souvenir de ce qu'avait été ma vie dans cet endroit... Mais je me ressaisis. Je devais suivre le conseil d'Athéna : oublier le passé et ne regarder que vers l'avenir. C'était tout ce qui comptait, à présent.

— Je dois y aller maintenant, murmura Hécate. Bonne chance !

Elle posa sur moi un regard empli de compassion et d'amitié qui la rendait encore plus belle.

— Merci...

Ses yeux devinrent blancs. L'air autour d'elle se mit à onduler. Puis elle disparut. Aussitôt, un profond sentiment de solitude me submergea, mais je n'eus pas le temps de m'y attarder. Un grondement émanant des murs de la fosse dans laquelle je me trouvais attira mon attention tandis que des motifs commencèrent à se former sur le marbre, comme s'ils étaient sculptés sous mes yeux. Il s'agissait de vignes tressées, couvertes de raisins et de feuilles, courant le long des murs. C'était joli, mais il semblait manquer quelque chose. En observant de plus près, je m'aperçus qu'à certains endroits, la tresse de vignes s'interrompait, comme deux pièces d'un puzzle ne correspondant pas l'une avec l'autre. Je tendis la main pour toucher l'une des zones où les vignes ne se rejoignaient pas correctement, et entendis un cliquetis derrière moi.

— Conformément au règlement, s'agissant de la première épreuve, il n'y aura pas de public pour encourager Perséphone aujourd'hui. En revanche, l'épreuve d'aujourd'hui lui permettra de gagner ou de perdre des supporters, clama le commentateur d'un ton enjoué. Ne fera-t-elle qu'une bouchée de son premier démon ? Ou va-t-elle au contraire connaître une fin prématurée et laisser Menthé accéder au trône, dès aujourd'hui ?

Je le fixai, jusqu'à ce que le cliquetis devienne plus fort et que de la poussière commence à s'accumuler, formant une grosse boule de l'autre côté de la fosse. Mon estomac se serra et mes muscles se tendirent alors que la poussière tourbillonnait de plus en plus vite jusqu'à ce qu'une silhouette apparaisse doucement. Je commençai à paniquer ; mon cœur battait de plus en plus vite. Des mouvements attirèrent mon attention : d'autres formes apparurent sur les murs, plus profondes que la tresse de vigne et, cette fois, d'une couleur différente du marbre.

Des armes. C'étaient des armes ! À environ six mètres à ma gauche se trouvait une énorme épée, formée à partir du mur et solidement accrochée aux vignes de marbre. Je ne pouvais encore pas distinguer ce qu'il y avait derrière la masse de poussière qui tourbillonnait toujours, mais il y

avait une hache à ma droite, avec une lame particulièrement luisante. En me tournant, je découvris un fléau
derrière moi, dans les vignes blanches : un court manche
en bois auquel était accrochée une chaîne avec, à son
extrémité, une boule d'argent recouverte de pics pointus
d'environ dix centimètres. Je la saisis, les vignes gravées
disparurent pour me permettre de la prendre, puis se
reformèrent aussitôt. Ce n'était pas aussi lourd que je le
pensais, mais mes mains tremblaient tandis que je la
balançai doucement, soulagée de constater que je pourrais l'utiliser d'une seule main. Mais, en me tournant vers
la boule de poussière, je paniquai à nouveau en découvrant ce qui était en face de moi.

NEUF

La poussière avait laissé place à un squelette de Sparte terrifiant. Il me fixait en ouvrant et fermant sa mâchoire d'une manière menaçante. Mes jambes grelottèrent. C'était comme si une tenue d'Halloween prenait vie, avec des os blanc brillant et des orbites vides. Il brandissait une épée et s'avança vers moi. Je balançai le fléau dans ma main, essayant de gagner de la vitesse et, comme s'il sentait le danger, le squelette se mit immédiatement à courir. Je sentis l'adrénaline courir dans mes veines tandis que j'hésitai entre fuir et combattre. Mais je n'avais d'autre choix que de faire face. Je levai le fléau en le faisant tournoyer, prenant soin de l'éloigner de moi. Heureusement, il était relativement léger et je pouvais le manier facilement ; mes mauvais résultats en cours de gym ne m'auraient pas permis de soulever beaucoup plus.

Hécate m'avait dit que ce démon serait facile à battre, me rappelai-je pour me rassurer, alors que ma respiration devenait plus courte à mesure que le squelette levait son épée au-dessus de sa tête avec un sifflement. Faisant tourner mon fléau, je réussis à baisser l'épée de mon adversaire, la boule couverte de pics percutant le squelette au niveau de sa cage thoracique. Les os de sa partie inférieure volèrent en éclat et claquèrent au sol, tandis que le haut de son corps vacilla, n'étant plus attaché au bas. Il lâcha son épée, le métal tombant sur le marbre produisant un bruit strident. Je retins mon souffle. Je l'avais fait ! J'avais réussi ! Fièrement, je me tournai vers les dieux et les juges. Tous étaient silencieux et immobiles, gardant les yeux rivés sur le squelette de Sparte.

Trop facile. C'était bien, bien trop facile, pensai-je en regardant le démon à mon tour.

Effectivement, les os éparpillés commencèrent à vibrer doucement, puis rejoignirent la partie haute du squelette qui se reforma devant moi.

Je pris une profonde inspiration, conjurant ma peur, et essayant de déterminer la manière dont je devais m'y prendre pour vaincre un squelette qui pouvait se reconstruire. Je repensai à tous les livres d'horreur et de fantasy que j'avais lus... Lui briser les os ? L'immoler ? Le congeler ? Je jetai un rapide coup d'œil autour de la fosse, à la recherche de tout ce qui pourrait m'être utile. Je vis alors une arbalète que je n'avais pas remarquée plus tôt, mais je doutai qu'elle puisse me servir à grand-chose... Le fléau semblait la meilleure arme, me permettant de lui briser les os. Alors que le squelette se pencha pour ramasser l'épée au sol, je pris ma décision. Avec un rugissement, je m'élançai vers lui, faisant tourner le fléau plus rapidement, cette fois. Lorsque je fus suffisamment près, je lançai la boule sur son crâne, réussissant à le détacher du reste du corps et à le faire tomber au sol avec un autre sifflement. Le squelette sans tête tendit son bras osseux vers moi, mais je fis balancer mon fléau pour le repousser. Comme prévu, l'os tomba au sol à son tour. Je reculai afin qu'il ne puisse pas m'attraper avec son autre bras, puis je brisai les os au sol en les écrasant avec mon fléau, de toutes mes forces. Je frappai avec une telle violence que le choc de la boule contre le marbre envoya des secousses dans mon bras, jusque dans mon épaule. Mais, lorsque je m'arrêtai, j'eus la mauvaise surprise de constater que les os étaient parfaitement intacts.

— Comment..., commençai-je.

Mais je fus interrompue par une forte douleur au niveau de ma tête. Je titubai alors que des taches noires apparurent devant mes yeux. Je sentis des doigts osseux et froids glisser sur mon bras, réalisant que le démon venait de me frapper, durement. Je devais m'écarter de lui ; vite. Je traversai la fosse en courant et, lorsque je me retournai, le squelette s'était de nouveau reconstitué.

Merde ! Cela allait être plus difficile que je ne le pensais. Si broyer les os était impossible, que pouvais-je faire ? Je repensai aux paroles d'Hécate : le battre était censé être facile, même pour une débutante comme moi. Force, Intelligence, Loyauté et Hospitalité. Selon le commentateur, c'étaient les qualités pour lesquelles j'étais testée – la clé devait se trouver là...

Mais je n'eus pas le temps de réfléchir davantage : le squelette releva son épée, ouvrant et fermant sa mâchoire plus rapidement que précédemment. Je devais rester sur mes gardes. Je longeai le mur circulaire de la fosse, lentement, et le squelette bougea en même temps que moi. Pour la première fois depuis le début du combat, je me laissai envahir par la peur. Comment allais-je pouvoir m'en sortir ? *Allez, Perséphone,* me réprimandai-je en me concentrant. *Si tout cela est réel, tu dois survivre. Si ce n'est pas le cas, tu n'as rien à perdre. Bouge-toi ! C'est maintenant !*

La loyauté et l'hospitalité n'allaient pas m'aider. En revanche, l'intelligence... Peut-être était-ce moins une question de force que de réflexion ? Je me tournai rapidement vers le mur, et entendis le démon profiter que je ne le regardais pas pour avancer vers moi, ses pieds osseux claquant sur le sol en marbre. Je n'avais que quelques secondes.

Je parcourus rapidement les gravures sur le marbre et repérai une partie de la tresse de vigne qui était différente des autres. Je passai mes doigts dessus. C'était chaud... et mou, découvris-je en appuyant dessus. Mais je n'eus pas le temps d'en découvrir davantage, esquivant de justesse l'épée qui s'abattit à l'endroit où j'étais. Heureusement, j'étais plus rapide que le squelette ; je sprintai jusqu'à l'autre côté de la fosse sans regarder en arrière. Je me déplaçai aussi vite que possible, scrutant les murs à la recherche des endroits où la tresse de vignes était interrompue. Dès que j'en apercevais un, j'appuyais sur l'étrange forme en marbre, chaude et molle. Chaque fois, là où j'appuyais, les deux extrémités de la tresse s'unissaient parfaitement et la gravure devenait dure et froide, comme le reste.

J'étais sûre de faire ce qu'il fallait : reconnecter la gravure. Après tout, il n'y avait rien d'autre dans la fosse, à part le démon. La seule difficulté était que je devais agir vite pour éviter le démon, manquant quelques jointures, ce qui m'obligeait à faire plusieurs tours. Malgré tout, je progressais.

Rapidement, j'avais entièrement reconstitué la tresse tout en évitant les coups d'épée du squelette. Pourtant, rien ne se passa. Il devait y avoir autre chose à faire... Je scrutais le mur en marbre désespérément, gênée par les coups d'épée que je devais éviter sans cesse. Je commençai à perdre des forces : mes jambes fatiguaient, mon souffle devint plus court, et j'avais de plus en plus de mal à soulever le fléau.

— Ah ! m'exclamai-je tout à coup, repérant un autre endroit où la tresse de vigne était interrompue, à quelques centimètres du sol. Je courus à toute vitesse, dérapant presque, et me penchai pour la réparer. J'avais conscience d'être dans une position qui me rendait vulnérable, et mon cœur battait la chamade tandis que je me dépêchai de reconstituer la tresse. Comme je m'y étais attendue, l'épée s'abattit à côté de moi, tout près de mon oreille. Je m'éloignai en courant, essoufflée, lorsqu'un grondement retentit. Je me plaquai dos au mur, et continuai de m'éloigner en marchant sur le côté, comme un crabe. Mais, à ma grande surprise, le squelette s'immobilisa. Je ralentis sans m'arrêter tout à fait, méfiante, et mon pouls tambourinant dans mes oreilles. Avais-je fait ce que j'étais censée faire ? Le démon allait-il enfin se désintégrer et devenir poussière ?

Soudain, un trou se forma au centre de la fosse, d'abord tout petit, puis de plus en plus grand. Lorsqu'il atteint sa taille maximale, d'immenses flammes de plusieurs couleurs jaillirent – les mêmes que celles qui dansaient de chaque côté de la salle du trône. La chaleur était suffocante, et je me mis à trembler, terrifiée à l'idée de tomber dans l'abîme enflammé qui occupait la majeure partie de la fosse.

Ma seule consolation était de penser que, si nous tombions, le squelette ne survivrait pas.

Mais moi non plus.

~

À travers les flammes, je vis le squelette laisser tomber son épée sur le marbre avec un bruit sourd. Je ne comprenais rien. Pourquoi faisait-il cela ? Puis ses orbites creuses se fixèrent sur mon visage. Je me figeai, comprenant qu'il allait venir vers moi. J'envisageai un instant de quitter la fosse, mais la tresse de vigne gravée dans le mur avait disparu, emportant avec elle les armes qu'elle contenait. Je n'avais plus aucun moyen d'escalader le mur haut et lisse. J'étais piégée !

Le squelette contournait le trou, longeant le mur en courant. Il était plus rapide sans sa lourde épée. Que devais-je faire ? Fuir était inutile car, pensai-je, un squelette de mort-vivant ne se fatiguait certainement jamais. Il finirait donc par me rattraper une fois que j'aurais consommé toutes mes forces.

C'était donc maintenant ou jamais. Je regardai le fléau dans ma main : c'était ma seule chance.

Partant de l'hypothèse que les squelettes n'étaient pas intelligents, je pris une profonde inspiration et m'approchai du trou enflammé, lui tournant le dos. Regardant le squelette en face, je fis tourner mon fléau le plus vite possible. Ma tenue en cuir, chauffée par les flammes, me brûlait presque tandis que j'approchai le plus près possible du trou, laissant le démon s'approcher de moi, sur ma droite.

Tiens bon, Perséphone. Tiens bon !

Lorsque le squelette fut à ma hauteur, tout se déroula comme je l'avais prévu. J'avais eu raison : il n'était pas suffisamment intelligent pour être prudent. Il leva les bras vers moi avec l'intention de me pousser, mais je l'esquivai habilement en me jetant sur le côté, et lançai le fléau sur lui. L'arme le percuta de plein fouet, et j'entendis un fracas d'os tandis que je reculais. Je ne lui avais arraché qu'un bras et les morceaux d'os commençaient déjà à vibrer, prêts à se reconstituer. Je devais être plus rapide ! Sans hésiter, je frappai le squelette au niveau de sa tête. Mais il leva son bras restant pour se protéger, et la boule piquante ne réussit qu'à lui arracher la main et le poignet. Je tentai de lui donner un coup de pied aussi fort que je le pus, mais il ne bougea presque pas. Pire, les os au sol étaient en train de revenir vers lui. Paniquée, mue par mon instinct de survie, je baissai mon arme et fonçai droit sur lui, en plein dans sa cage thoracique.

Heureusement, il tomba. Et moi aussi. J'atterris sur sa poitrine, ressentant un élan de satisfaction en entendant ses os craquer et se briser sous mon poids. Mais la terreur reprit rapidement le dessus : alors que je roulai sur le côté pour me relever, je faillis tomber dans le trou en feu. Une flamme violette s'éleva à côté de moi et, pendant une fraction de seconde, la peur me figea tout entière. J'étais paralysée par l'idée que j'aurais pu tomber et disparaître à jamais...

Puis une voix résonna dans ma tête, sortie de nulle part. C'était une voix masculine.

Tu n'as que dix secondes avant que cette chose ne se reconstitue. Bouge ! Maintenant !

Spontanément, je me mis à genoux, et m'éloignai du rebord aussi vite que possible. Lorsque je fus à un mètre, je me relevai, puis me retournai. La cage thoracique du squelette s'était effondrée lorsque je lui étais tombée dessus, et ses membres étaient éparpillés sur le sol en marbre. Je donnai des coups de pied dans chaque os, les envoyant dans l'abîme enflammé. Au fur et à mesure que les os disparaissaient dans les flammes, le crâne du démon sifflait de plus en plus fort. Enfin, il ne resta plus que sa tête. J'étais sur le point de gagner. Rassemblant les forces qu'il me restait, je lui assenais un dernier coup de pied dans la tête. Elle tomba dans le trou et le démon disparut entièrement.

DIX

— Que dites-vous de ça ? Ce n'est certes pas le plus beau combat auquel nous ayons assisté, mais elle ne s'en est pas trop mal sorti ! s'exclama le commentateur.

Pendant qu'il parlait, un autre grondement retentit et le trou se ferma. Puis le sol remonta en direction de la salle du trône. Je tentai de garder l'équilibre, haletante, sentant mon niveau d'adrénaline retomber. Lorsque j'arrivai à hauteur des dieux, Hermès et Dionysos m'applaudirent avec enthousiasme, Athéna et Aphrodite plus lentement. Les autres se contentèrent de me fixer, Hadès – toujours sous forme de volutes – vacillant, et les yeux de Zeus brillant d'une lueur étrange.

— Maintenant, demandons aux juges ce qu'elle a gagné ! ajouta le commentateur tandis que le sol sous mes pieds s'immobilisa complètement.

Je me tournai vers les trois juges.

— Rhadamanthe ? demanda le commentateur au premier d'entre eux, celui qui était le plus à gauche.

L'homme joufflu et souriant, avec une barbe noire et des sourcils broussailleux, me sourit.

— Un jeton, dit-il.

— Éaque ?

Le deuxième juge, dont la peau était si pâle qu'elle en était presque bleue, parla d'une voix froide, sans me regarder.

— Un jeton.

— Et Minos ?

Le dernier homme, à la peau foncée et au crâne chauve et luisant, m'observa attentivement. Ses yeux sombres reflétaient son intelligence, et j'eus la sensation qu'il lisait littéralement en moi – ce qui me mit mal à l'aise.

— Un jeton, finit-il par dire.

— Les juges sont d'accord ! Un jeton pour Perséphone. Quels jetons souhaitez-vous, jeune fille ?

Tous les regards se ruèrent sur moi.

— Quoi ? Comment... Comment cela, balbutiai-je.

Le commentateur m'adressa un sourire condescendant qui me donna envie de le frapper.

— Vous pouvez choisir vos jetons. Quels jetons voudriez-vous ?

— Est-ce que je peux les garder ?

— Oui.

— Des graines, m'empressai-je alors de répondre.

— Des graines ?

Le commentateur semblait choqué. Ses sourcils étaient si relevés qu'ils se confondaient presque avec ses cheveux.

— Vous voulez des *graines* ? répéta-t-il avec un petit sourire dédaigneux.

Je ne me laissai pas déstabiliser et soutins son regard.

— Elle aura des graines de grenade, déclara Minos.

Aussitôt, le commentateur cessa de sourire et s'inclina devant lui.

— Bien sûr ! confirma-t-il avec déférence.

L'air ondula devant moi, et une boîte apparut, flottant dans les airs. On aurait dit une longue boîte à bijoux. Je l'attrapai de mes mains tremblantes, et le couvercle s'ouvrit instantanément. À l'intérieur se trouvaient plusieurs petites cases ; la première contenait une graine de grenade rouge vif.

— Merci, murmurai-je.

Ce n'était pas tout à fait ce que j'avais espéré quand j'avais demandé des graines, mais, comme je ne m'étais pas attendue à recevoir une quelconque récompense, je ne fus pas déçue. Je laissai tomber mon fléau sur le sol, et refermai la boîte. Peut-être que cette graine produirait quelque chose de magnifique à mon retour à New York ? Quelque chose qui n'existait pas dans notre monde ? Je m'accrochai à cette idée, et respirai profondément pour reprendre mon souffle. *Je viens de vaincre un démon !*

— Je t'en prie, Perséphone, me répondit Minos.

Puis l'air devant les juges ondula et tous disparurent.

— Nous vous retrouverons pour la prochaine épreuve, dans trois jours ! lança le commentateur avec toujours le même enthousiasme. Perséphone sera alors testée pour son hospitalité ! ajouta-t-il avec un clin d'œil, avant de disparaître, lui aussi.

— Mon hospitalité ? Qu'est-ce que je suis censée faire, inviter tout le monde à dîner ? dis-je d'un ton sarcastique en me retournant vers les dieux.

Une force invisible me fit basculer en avant, et je tombai à genoux sans pouvoir me retenir, baissant la tête.

— Souviens-toi de ta place, jeune fille ! tonna Poséidon.

— Désolée, marmonnai-je.

Malgré tout, je me sentais fière de moi. Je venais de vaincre un squelette de démon. Cet endroit était complètement fou, mais je l'avais fait. J'avais vaincu un démon !

— Nous allons maintenant t'affecter un garde. Alors tu pourras te reposer et te préparer pour la prochaine épreuve, dit Athéna.

Je levai la tête vers elle.

— J'aimerais ajouter une option, si vous le permettez ? intervint Dionysos d'une voix lancinante.

Les onze têtes à côté de lui se tournèrent pour le regarder.

— Pourquoi ? demanda Zeus en fronçant les sourcils.

— Pourquoi pas ? fit Dionysos en haussant les épaules, arborant un sourire paresseux.

Il portait une chemise blanche ouverte et un pantalon en cuir noir moulant, avec d'énormes bottes *Doc Martin* mal lacées. En le voyant, je me dis qu'il devait être agréable de se saouler en sa compagnie...

— Pour de nombreuses raisons, répliqua Zeus avec sévérité avant de se tourner vers moi.

Je me demandais alors pourquoi Zeus avait proposé de choisir mon garde. Comme s'il avait entendu ma question, il me sourit.

— Je n'ai pas besoin de t'attribuer un garde, ma chère Persy, dit- il, mettant l'accent sur le surnom qu'il avait lu sur mon badge de serveuse, le jour où je l'avais servi – ce qui me paraissait maintenant être une autre époque de ma vie. Car je peux venir te voir moi-même dès que tu le souhaites.

Une vague de chaleur s'éleva de l'estrade tandis que Zeus lança un regard à Hadès, avec un ricanement suffisant.

— Passons à autre chose, si vous le voulez bien, intervint Athéna en se levant.

Sa chouette n'était pas sur son épaule, mais, à part cela, elle était exactement la même que la première fois que je l'avais rencontrée.

— Il y a quatre plumes derrière toi, reprit-elle. Prends le temps d'en choisir une.

Je me retournai et découvris qu'un grand bureau était apparu derrière moi, avec quatre plumes dessus. Je m'approchai prudemment, déposant ma boîte à graines sur la surface en bois de cerisier, puis je saisis la première plume. Elle était verte avec des bords tirant sur le jaune et faisait presque la même taille que mon avant-bras. Doucement, je fis courir mes doigts le long du bord d'une douceur infinie. Soudain, je me sentis ridicule : douze dieux étaient derrière moi et me regardaient caresser une plume. J'aurais tellement aimé qu'Hécate soit là pour me soutenir...

Un courant froid me picota le bout des doigts, et je ressentis soudain un mélange de grandeur et de puissance. J'observais la plume avec attention ; peut-être n'était-ce pas une plume ordinaire, après tout ? Je la reposai, et pris la suivante, qui était d'un rouge vif uni. La colère et l'irritabilité s'emparèrent de moi immédiatement, et je la lâchai aussitôt pour m'en débarrasser. Je n'avais pas besoin de ça dans ma vie... La plume suivante était en argent et en or. C'était de loin la plus jolie, bien que la plus petite, ce qui me rendit méfiante. Je la soulevai avec soin. Instantanément, je me sentis plus légère, comme s'il n'y avait plus rien de grave dans le monde. Je n'avais en tête que des images de vacances, de moments de détente... *Hmmm.* Je n'étais pas convaincue ; c'était agréable, mais peut-être pas suffisamment rassurant.

Enfin, j'en vins à la dernière plume. Elle ressemblait à une plume ordinaire que j'aurais pu ramasser à Central Park : grise et marron, le liseré d'or qui la bordait était la seule chose qui la rendait spéciale. Dès que je l'eus entre les doigts, j'éclatai de rire. Je ne savais pas pourquoi, mais j'étais incapable de m'en empêcher.

— Celle-ci ! déclarai-je avec un sourire, en me tournant vers les dieux.

Athéna ferma lentement les yeux et Dionysos serra les poings.

— Excellent choix, Persy chérie ! me complimenta-t-il avec un sourire radieux et une voix précieuse.

— Tu n'es qu'un idiot, lui murmura Poséidon en secouant la tête.

Mes yeux se posèrent sur Hadès. Était-il déçu que je n'aie pas choisi sa plume ? Je n'en savais rien. Je ne savais même pas si cela avait une quelconque importance pour lui... De toute façon, si j'étais coincée dans son monde, il pourrait certainement me voir dès qu'il le voudrait.

— On pourrait penser que tu as pris cette décision trop hâtivement, dit Athéna d'un ton calme, mais tu as fait le bon choix.

Je remis la plume sur le bureau et, immédiatement, je réalisai qu'elle avait raison. J'avais pris ma décision de manière impulsive, uniquement parce que c'était agréable de rire. *Merde, j'aurais dû choisir la plume qui me donnait de la force !* pensai-je.

Trop tard...

Je repris ma boîte à graines et me retournai vers les dieux.

— Que va-t-il se passer maintenant ? m'enquis-je auprès d'Athéna qui était toujours debout.

— Maintenant, tu vas aller te reposer. Ensuite, tu

rencontreras ton garde et tu commenceras à t'entraîner pour le bal.

— Le bal ?

— Oui. Ta prochaine épreuve consiste à organiser un bal masqué. Et cela conclura la première partie.

Je la regardai d'un air hébété, et me forçai à refermer ma bouche. Je cherchai quelque chose à dire mais, avant que je n'en aie le temps, tout devint blanc autour de moi, et je disparus.

— Ils ne peuvent pas arrêter de faire ça ! m'agaçai-je, tandis que ma vision s'éclaircit à nouveau et que je réalisai que j'étais dans ma chambre.

— Je sais, c'est énervant...

— Hécate ! m'exclamai-je en me tournant vers elle.

Elle me regardait avec un large sourire, et tenait dans ses mains deux grands verres.

— Je t'avais dit que tu réussirais ! lança-t-elle en me tendant l'un des deux verres.

Je le pris et, à son signal, bus en même temps qu'elle. Pour une fois, ce n'était pas une boisson forte : on aurait dit du miel.

— Mon Dieu, c'est délicieux ! Qu'est-ce que c'est ?

— Je t'ai déjà qu'il y avait plusieurs dieux, rectifia Hécate. C'est du nectar.

— Comme dans le nectar et l'ambroisie ?

— Voilà, mais si tu buvais de l'ambroisie comme ça, ça te tuerait. Tu dois d'abord attendre que l'ichor coule à nouveau dans tes veines.

— L'ichor..., répétai-je en inclinant la tête vers elle. C'est le sang des dieux, n'est-ce pas ?

— Exactement. Malheureusement, tu es remplie de ce truc rouge dégueulasse que vous, les humains, appelez le *sang*, soupira-t-elle en s'asseyant sur le lit. En tout cas, bravo ! Je n'en reviens pas que tu aies choisi des graines comme jetons. Tu es complètement tarée !

— Euh... Je dois prendre ça pour un compliment ? demandai-je en m'asseyant à côté d'elle. Qu'est-ce qui ne va pas avec les graines ?

— Rien, mais si on considère que tu viens de risquer ta vie et ton corps, ne crois-tu pas que tu méritais une meilleure récompense ? Ne vaux-tu pas plus que cela ?

— Ah... Eh bien... Je n'avais pas vu les choses sous cet angle... J'ai simplement demandé la première chose qui m'est passée par l'esprit, et il se trouve que c'était des graines.

— Les autres candidates ont toutes choisi des pierres précieuses : des émeraudes, des saphirs, ou des diamants. Et toi... des *graines* ! Tu es une énigme, Persy ! me lança-t-elle d'un air amusé.

Je détournai mon regard du sien en haussant les épaules.

— Je crois que j'ai aussi choisi la mauvaise plume...

— La plume ? C'est comme ça qu'ils t'ont fait choisir un garde ?

Hécate m'apprit que seul le combat avait été diffusé grâce aux étranges plats en métal contenant une flamme, et pas le choix de la plume. Elle n'avait donc pas pu assister à mon choix. Je lui racontai que j'avais choisi la plume de Dionysos qui m'avait fait rire, réalisant trop tard que j'avais fait ce choix trop rapidement.

— Eh bien, tu aurais pu choisir pire, me rassura-t-elle. Le garde d'Hadès aurait été super strict, et celui de Poséidon terriblement ennuyeux. Celui d'Athéna aurait été le mieux, mais je comprends que tu aies choisi quelque chose d'amusant... J'espère juste que ce ne sera pas l'un des *sprites libidineux* qui pullulent dans son royaume !

— Des *sprites libidineux* ? m'enquis-je.

Je commençai à devenir inquiète...

— Oui. Est-ce qu'ils t'ont parlé de ta prochaine épreuve ?

— Oui. Ils m'ont dit que j'allais devoir organiser un bal masqué, répondis-je.

Hécate fronça les sourcils.

— Vraiment ? Généralement, cette épreuve vient plus tardivement...

— Mais est-ce que cela veut dire que je vais littéralement devoir organiser une fête ?

Elle me regarda comme si j'étais complètement idiote

— Non, Persy. Tu vas devoir organiser un bal pour certaines des personnes les plus dégoûtantes et dangereuses de l'Olympe. Ils essaieront de gâcher la fête, principalement en baisant entre eux, ou en s'entretuant. Parfois les deux. Et il y a toujours un événement surprise ; quelque chose d'horrible que l'hôte doit essayer de résoudre.

— En tout cas, dit comme ça, cela semble plus facile que de tuer un squelette !

— Ce n'est pas le cas. Crois-moi.

— Oh...

— Nous allons demander l'aide d'un spécialiste pour cette épreuve. Je t'enverrai Hédoné demain.

— Hédoné ? N'est-elle pas...

Je réfléchis un instant.

— ... La déesse du plaisir ?

— C'est ça ! Et elle est aussi une organisatrice de soirée extraordinaire. Tu vas l'adorer !

— D'accord !

— En attendant, essaie de dormir un peu.

Je regardai autour de moi.

— C'est ma chambre ?

— Euh, ouais. Pourquoi ?

J'ai fait une pause avant de demander.

— Était-ce ma chambre *avant* ?

— Non. Avant, tu partageais la chambre d'Hadès, imbécile !

— Oh...

Je devais être transparente car Hécate me regarda en fronçant les sourcils.

— Tu n'aimes pas cette pièce ?

Je fis non de la tête. Je me sentais coupable de me plaindre auprès d'elle, mais je ne voyais pas l'intérêt de mentir.

— C'est juste difficile, pour moi, de ne pas avoir de fenêtre.

Elle me regarda un instant.

— Je verrai ce que je peux faire demain, dit-elle finalement en se levant.

— Merci, répondis-je avec un sourire reconnaissant.

— Je t'en prie ! minimisa-t-elle.

— Sérieusement, merci pour tout, Hécate.

— Je t'en prie, je t'assure...

Je me couchai et m'endormis presque instantanément. Je m'étais attendue à rêver de squelettes meurtriers, ou de dieux mystérieux et terrifiants se matérialisant sous forme de fumée, mais je rêvai finalement d'un jardin. Pourtant, ce n'était pas un jardin que j'avais imaginé. Mais si ce n'était pas moi, alors qui ?

C'était magnifique, pensai-je, en me dirigeant vers une structure d'eau gigantesque. Ce n'était pas vraiment une « fontaine ». Il y avait une grande piscine ronde, taillée dans la même pierre de marbre blanc brillant de la salle du trône, avec en son centre une statue d'un homme sur un genou, tenant un globe sur son dos. Je me souvins alors du mythe d'Atlas, le Titan qui avait été condamné par Zeus à porter le monde sur ses épaules pour l'éternité. Était-ce lui ? En me rapprochant, je vis que le globe ne représentait pas la Terre sur laquelle vivaient les humains, mais était composé de centaines d'anneaux imbriqués les uns dans les autres et formant une sphère. Des gemmes scintillaient aux endroits où les anneaux se chevauchaient, et de l'eau jaillissait d'eux. Chaque jet d'eau avait la même couleur que la pierre dont il était émis, jusqu'à ce qu'il atteigne le bassin de la piscine, limpide et scintillant. J'observai attentivement tous les détails autour de moi, prenant le temps d'admirer la multitude de fleurs qui tapissaient toute l'étendue du jardin. J'étais surprise, car certaines espèces ne pouvaient normalement pas pousser ensemble, nécessitant des températures et des natures de sol totalement différentes.

— J'ai entendu dire que tu avais choisi des graines, dit une voix masculine.

Était-ce la voix que j'avais entendue durant l'épreuve ? Celle qui m'avait dit de me lever, alors que j'étais figée sur place ? Je réalisai d'ailleurs que je n'en avais pas parlé à Hécate.

— Qui es-tu ? demandai-je, calmement.

J'étais incapable de parler fort dans un endroit aussi serein et beau que celui-ci.

— Je suis ton ami, Perséphone. Je me souviens très bien de toi.

— Vraiment ?

— Bien sûr. On n'oublie pas si facilement la reine des Enfers…

— Où es-tu ?

— Tout autour de toi. Je suis le jardin.

Je tournai sur moi-même.

— Est-ce que je suis en train de rêver ?

— Oui. Mais les rêves sont aussi contrôlés par les dieux, Perséphone. As-tu réellement choisi des graines ?

— Pourquoi cela semble-t-il avoir autant d'importance pour tout le monde ? m'agaçai-je.

Un vent doux traversa mes cheveux, transportant avec lui l'odeur de lavande. J'inspirai profondément. J'aurais voulu rester ici pour toujours.

— J'admire ton choix. Tu sais que les graines de grenade sont comestibles ?

Je fronçai les sourcils.

— Je préfère les planter.

— Fais-moi confiance, ma reine. Il vaut mieux les manger.

Je me réveillai en sursaut, m'asseyant brusquement dans le lit. En regardant autour de moi, je fus submergée par un intense sentiment de déception. La chambre était plongée dans le noir, uniquement éclairée par la lumière lointaine des étoiles se reflétant dans l'étrange plafond de pierre. La pièce était jolie, mais ce n'était rien comparé à la beauté et à la sérénité dans lesquelles le sommeil m'avait plongée. Je mourais d'envie de retrouver le parfum des fleurs et le bruit de l'eau. Quel rêve étrange... J'étais certaine que je n'avais pas pu imaginer un tel jardin. C'était forcément l'homme de la voix qui m'y avait amenée. *Manger la graine de grenade ?* Était-ce cela ma récompense ? C'était impossible ! Je frottai mon visage pour m'éclaircir les idées, puis me rallongeais dans le lit en soupirant.

Tout, dans ce lieu, était étrange.

Plus vite je perdrais les épreuves, plus vite je retournerais à New York.

ONZE

Lorsque je rouvris les yeux, la lumière du jour émanait du plafond, et les étoiles avaient disparu. Quelle heure était-il ? En sortant du lit, je notai dans un coin de ma tête de demander à Hécate comment je devais faire pour garder la notion du temps. Je portais un caraco en soie et un short assorti que j'avais trouvés dans l'armoire. En les endossant, j'avais ressenti quelque chose d'étrange, comme si je portais les vêtements de quelqu'un d'autre. Mais je devais reconnaître qu'ils étaient extrêmement confortables et agréables à porter, comme une caresse sur ma peau. Je m'assis à la coiffeuse et regardai mon reflet dans le miroir. Le maquillage que m'avait fait Hécate la veille avait disparu, et mes cheveux blancs tombaient maintenant sur mes épaules, encore ondulés par la coiffure que j'avais avant d'aller me coucher. Quant aux tresses fines et argentées, elles étaient toujours là. Je me fis un rapide chignon décoiffé au sommet de ma tête. Mes yeux semblaient plus verts, et mes pommettes plus anguleuses. C'était étrange. Peut-être était-ce simplement mon imagination qui me jouait des tours après ma victoire contre un démon, la veille, mais j'avais le sentiment de faire davantage « guerrière ». Plus forte. Ted Hammond et tous les autres, au collège, auraient-ils été si cruels envers moi si j'avais ressemblé à ça, à l'époque ?

Probablement.

On frappa à la porte et je tournai la tête. Comment savaient-ils que j'étais réveillée ? Je parcourus la pièce du regard avec méfiance. *Qu'est-ce que tu espères trouver ? Des caméras secrètes ? Dans un monde où des plats en métal contenant une flamme font office de téléviseurs ? Accroche-toi, Persy. Sois forte. Tu seras bientôt de retour chez toi !*

— Oui ?

— Puis-je entrer ? me demanda une voix de femme de l'autre côté de la porte.

C'était une voix rauque et sensuelle, et un peu gênée, je réalisai que j'étais encore en pyjama.

— Euh..., oui ! lançai-je en me levant.

La porte s'ouvrit avec un crissement, et une femme voluptueuse entra en poussant la porte avec son dos, une tasse fumante dans chaque main. Je ne pus m'empêcher de sourire alors qu'elle se tourna vers moi d'un air joyeux. Ses cheveux épais et sombres étaient magnifiques, et ses grands yeux bruns exprimaient l'humour et la bienveillance. Quant à ses lèvres, elles étaient... différentes de toutes les lèvres que j'avais vues jusque-là. La meilleure manière de les décrire était sans doute de dire qu'elles étaient faites pour être embrassées.

— On m'a dit que les humains aimaient le café, le matin, déclara-t-elle en me tendant l'une des deux tasses, avec un large sourire. Je suis Hédoné.

— Oh... Bon-... Bonjour ! balbutiai-je, impressionnée par sa prestance. Je suis Perséphone.

Elle hocha la tête et s'assit au bout de mon lit, pressant sa tasse entre ses deux mains, comme pour se réchauffer.

— Hécate est très occupée aujourd'hui, alors elle m'a demandé de commencer à te préparer pour le bal masqué.

— Est-ce que vous, euh..., aidez tout le monde ?

Elle éclata de rire – d'un rire délicat et chantant.

— Non. Mais tu es plutôt *spéciale*. Et puis, je dois une faveur à Hécate.

— Pourquoi penses-tu que je suis spéciale ?

Je pris une petite gorgée de café. Il était incroyable, bien meilleur que tout ce que nous servions chez *Easy Espresso*.

— Pour plusieurs raisons. D'abord, j'ai un faible pour les humains. Mais, surtout, j'ai récemment pris part à des Épreuves moi-même, ajouta-t-elle, son regard devenant plus sombre et sa voix plus rauque. Les Épreuves d'immortalité. Elles étaient terriblement difficiles et je sais donc ce que tu es en train de vivre. Je compatis, et serais ravie de pouvoir aider une outsider comme toi...

— Une outsider..., soupirai-je en m'asseyant à mon tour.

Je me demandais si Hédoné faisait partie des quelques personnes qui savaient que j'avais déjà été mariée à Hadès. Je ne voulais pas lui dire si je n'étais pas censée le faire, même s'il était presque impossible de ne pas lui faire confiance. *Mais elle a le pouvoir de charmer les gens... C'est la déesse du plaisir, tu te souviens ?* pensai-je.

— Tu as remporté les épreuves ? lui demandai-je.

— Je préfère ne pas en parler, dit-elle simplement. Nous avons beaucoup de choses à faire ! Hécate m'a demandé de t'aider à t'habiller et te maquiller. Ensuite, nous allons devoir passer en revue l'étiquette olympienne.

Puis je te parlerai du charme et de la gentillesse. Et, enfin, nous aurons tout le côté logistique de l'organisation du bal à prévoir, notamment la liste des invités, et l'identification des problèmes auxquels tu risques d'être confrontée durant la soirée. Tu auras également un cours de combat.

— Pour le bal ?

— Bien sûr.

— Pourquoi devrais-je me battre durant le bal ?

— Ce n'est pas un bal ordinaire, Perséphone, me rappela-t-elle.

— Appelle-moi Persy, la repris-je de manière automatique.

Elle me sourit.

— Les épreuves doivent permettre d'évaluer ta capacité à occuper la fonction de reine des Enfers. Or, la politique et le combat vont de pair. Tu dois démontrer que tu es capable de te sortir de toute difficulté, tout en soutenant ton mari et en représentant ton royaume. Les événements sociaux sont à l'origine de presque tous les grands combats qui ont opposé les dieux depuis des siècles. Ils sont de la plus haute importance !

Présenté ainsi, tout paraissait logique. Pourtant, les mondanités et les conflits étaient tellement loin de moi...

— Oh... Disons que je ne suis pas une spécialiste de la vie sociale...

— Comment cela ? Tu n'aimes pas les fêtes ?

— Ni les fêtes, ni la politique ! Tout ce que j'aime, c'est la botanique.

— Tu n'es pas au bon endroit alors, me dit-elle en fronçant les sourcils. Il n'y a pas beaucoup de jardins en Vierge.

Mon cœur se serra. Je le savais déjà, mais cela me fit néanmoins mal de l'entendre de vive voix.

— Y a-t-il des plantes quelque part ?

— Pour être honnête, je ne passe pas beaucoup de temps ici, à part avec Morphée. Je vais lui demander de venir te voir. Il connaît cet endroit comme sa poche. Mais, pour l'heure, je vais t'apprendre à faire quelque chose de mieux que...

Elle s'arrêta et regarda mon chignon en bataille avec un froncement de sourcils.

— ... De mieux que *ça*, finit-elle par lâcher.

— Est-ce que tu pourras aussi me montrer comment a fait Hécate pour rendre mes yeux aussi verts ?

Hédoné rit face à mon empressement.

— Je crois que nous allons même réussir à faire de toi une reine de la nuit ! lança-t-elle en souriant.

Durant trois heures entières, enfermées dans la chambre sans fenêtre, Hédoné me montra comment dessiner de fines lignes noires autour de mes yeux, créer des lèvres plus pulpeuses avec de minuscules crayons, et comment onduler mes cheveux blancs tout en veillant à ce que ce soit naturel. Chez moi, jamais je ne me serais autorisée à consacrer autant de temps à toutes ces choses. Bien sûr, je prenais soin de moi et veillais à être toujours apprêtée et maquillée – avec un peu de mascara et une touche de blush sur mes joues – mais je n'avais jamais passé des heures entières à tenter de perfectionner mon apparence. J'avais une fois regardé une vidéo en ligne pour apprendre à faire une tresse africaine, mais je n'avais tenu que dix minutes avant d'avoir envie de jeter mon ordinateur portable par la fenêtre. Je n'étais pas du genre à me faire des coiffures impossibles ! Pourtant, avec Hédoné, tout me paraissait simple et intéressant.

— Voilà ! s'exclama-t-elle, tandis que je mettais la dernière épingle pour fixer sur ma tête la tresse couronne que je venais d'apprendre à faire.

Hédoné m'avait dit que cette coiffure me permettrait de dégager mon visage et mes épaules, mais d'une manière plus élégante qu'avec mon chignon décoiffé. Elle avait raison. J'étais ravie du résultat, qui me rappelait la coiffure d'Athéna.

— Tu vois ! Je t'avais dit que c'était tout simple à faire...

Je la regardai avec un large sourire. J'avais l'air d'une enfant flattée de recevoir des éloges, mais cela m'était égal. J'étais tout simplement heureuse de me trouver jolie.

— Et maintenant ?

— Maintenant, c'est l'heure du déjeuner, mais pas avec moi, me répondit-elle en ajustant légèrement ma tresse. Je dois partir...

Je n'avais pas vraiment envie de la voir partir, et encore moins de me retrouver seule, mais je fis de mon mieux pour ne pas montrer ma déception.

— Oh... Eh bien, merci pour toute ton aide !

— Je t'en prie. Je serai de retour ce soir, pour t'enseigner l'étiquette olympienne et la manière de se comporter à un banquet.

— Est-ce que cela signifie que nous allons manger ensemble ce soir, comme si nous étions à un banquet ? m'enquis-je avec une pointe d'espoir.

— Exactement. Alors, vas-y doucement pour le déjeuner. À tout à l'heure ! lança-t-elle avant de quitter ma chambre, fermant la porte derrière elle.

Au moins, elle n'avait pas disparu en un éclair. Enfin un peu de normalité !

Je me levai et ouvris l'armoire, à la recherche d'une tenue. Je parcourus les cintres un à un et, alors que j'étais en train d'hésiter entre un tailleur-pantalon rouge décolleté, et la robe verte que j'avais portée la veille, une petite voix criarde résonna derrière moi.

— Le rouge ! Beaucoup mieux !

Je me retournai en sursautant, laissant presque tomber les vêtements par terre.

Un gnome se tenait devant moi, complètement nu, et me regardait avec un immense sourire.

— Qui es-tu ?!

— Skoptolis, à ton service, s'inclina-t-il.

— À mon service ?

— Eh bien, techniquement, je suis là pour te protéger. Je ne sais pas de quoi, mais c'est en tout cas mieux que ce que je faisais avant...

— Tu es mon garde ?

Je le fixai, bouche bée. Il avait des yeux ambrés scintillants, d'épais cheveux noirs en désordre sur le dessus de sa tête avec une barbe assortie, et des pieds massifs. J'essayai de ne pas regarder si ses autres attributs étaient aussi imposants, mais comme il était nu, c'était difficile de ne pas le faire.

— C'est moi-même ! répondit-il fièrement, en se balançant sur les talons.

— Pourrais-tu... mettre des vêtements ?

— Non.

— S'il te plaît ?

— Je ne peux pas. Cela m'est interdit.

— Tu n'es pas autorisé à porter des vêtements ? Mais pourquoi ?

— J'sais pas... Mais c'est ça qui te pose un problème ? me demanda-t-il en poussant ses hanches en avant et en se jetant sur moi.

— Oui ! m'exclamai-je en rougissant, fermant les yeux.

— Ah... Et comme ça, est-ce que c'est mieux ?

Avec un petit nuage, le gnome disparut et je me retrouvai face à un petit chien de type terrier. Ses poils étaient de la même couleur que les cheveux du gnome, et il avait toujours ses yeux ambrés scintillants.

— Skop...

J'essayai de me souvenir de son nom.

— *Skoptolis,* dit une voix dans ma tête.

Cette fois, je laissai tomber les vêtements, surprise d'entendre quelqu'un parler en moi.

— *Ça va ?* me demanda la voix.

Je baissai les yeux vers le chien qui sortit la tête de sous la robe verte que je venais de laisser tomber sur lui.

— *Est-ce mieux ?*

Il remua la queue.

— Oui, dis-je lentement en le fixant. Mais...

— *Si tu veux que je reste sous forme animale, alors je vais devoir te parler comme ça.*

— C'est bizarre, dis-je en fronçant les sourcils. Tu es dans ma tête...

— *Alors je vais revenir à ma forme normale...* commença-t-il, mais je m'empressai de l'interrompre en agitant les mains.

— Non ! Non ! Reste comme ça, s'il te plaît. Je préfère voir un chien qu'un gnome nu comme un ver ! Qu'est-ce que tu es, d'ailleurs ?

— Un *kobalos.*

— C'est-à-dire un sprite libidineux ? demandai-je d'un air méfiant.

— *J'ai mes moments,* répondit-il, remuant la queue plus rapidement alors qu'il sauta sur le lit à côté de moi.

Je tendis automatiquement la main pour le caresser, mais m'abstins au dernier moment. Après tout, ce n'était pas vraiment un chien, mais un gnome nu sous forme de chien...

— *Si tu mets ce truc rouge, tu découvriras à quel point je peux être libidineux !*

Je remis aussitôt ma main sur mes genoux.

— Je crois que je vais plutôt choisir la robe verte, marmonnai-je en me levant pour ramasser les vêtements sur le sol.

Je me dirigeai vers la salle de bain avec la robe verte et entendis Skoptolis sauter par terre derrière moi.

— Euh..., où est-ce que tu vas ? lui demandai-je en me tournant vers lui.

— *Je suis ton garde, je te rappelle. Je dois te garder...*

— Même dans ma salle de bain ?

— *Ouais !*

— Il en est hors de question ! répondis-je d'un air sévère en le regardant dans les yeux.

Il remua sa queue.

— *Tu m'as bien vu à poil, toi !* protesta-t-il, sa voix légère et riante résonnant dans ma tête, comme cette fichue plume que j'avais choisie.

— Je m'en fiche, toi, tu ne me verras pas ! m'exclamai-je.

— *S'il te plaît ? Je parie que t'es bien roulée, en plus...*

Je levai les yeux au ciel.

— N'insiste pas, dis-je d'une voix sévère. Attends-moi ici, espèce de pervers !

— *Tu peux m'appeler Skop, tu sais...,* dit-il, sa queue se balançant toujours à toute vitesse.

— Si tu veux ! grognai-je.

Puis je fonçai dans la salle de bain et claquai la porte derrière moi.

Quelques minutes plus tard, alors que je retournai dans la chambre vêtue de ma robe verte, je sursautai en découvrant Hécate assise sur le bord de mon lit en train de regarder Skop, qui avait repris son apparence de gnome nu, d'un air renfrogné.

— Dionysos est vraiment un crétin ! dit-elle en me regardant.

— Laisse-moi deviner, souris-je. Je ne dois pas lui répéter que tu as dit ça ?

— Exactement ! répondit-elle, avec une autre grimace à Skop.

— Je pensais que nous nous étions mis d'accord pour que tu restes sous une forme plus poilue ? demandai-je au gnome.

— Je me suis rasé, mais je peux ajouter des poils si tu préfères, rétorqua-t-il en s'inclinant.

— Enlève-nous ce truc de la vue ! lui ordonna Hécate.

Le kobalos pouffa de rire, avant de reprendre sa forme de chien.

— Comment cet idiot d'ivrogne a pu t'envoyer un kobalos comme garde ? se désola-t-elle en secouant la tête.

— *Il a certainement pensé que tu avais bien plus besoin de te remonter le moral que de te protéger*, dit Skop dans ma tête, et je ne pus m'empêcher de sourire.

Je commençais presque à le trouver attachant, et Dionysos avec.

— Je ne sais pas... D'ailleurs, je ne sais toujours pas pourquoi j'ai besoin d'un garde.

— Moi non plus. Quoi qu'il en soit, j'ai de bonnes nouvelles pour toi, lança Hécate en tapant dans ses mains.

Je la regardai en haussant un sourcil.

— J'ai convaincu Hadès de te donner une nouvelle chambre. Une nouvelle chambre, *avec des fenêtres.*

Sans réfléchir, je me jetai à son coup, folle de joie et pleine de gratitude. Elle rit en me repoussant.

— Attends... Il y a un hic !

Je me détachai d'elle et la regardai avec suspicion.

— Les candidates ne peuvent pas avoir les plus belles pièces du royaume des Enfers. Il va donc falloir que tu gagnes cette chambre. Autrement, cela pourrait faire scandale...

— D'accord... Mais comment ?

— Il y aura une autre épreuve. Ce soir. Si tu gagnes, tu auras ta nouvelle chambre.

— Très bien !

Je ne le montrai pas, mais l'anxiété me gagna à l'idée de devoir affronter un autre combat.

— Et tu dois aussi déjeuner avec Hadès, ajouta-t-elle à toute vitesse, si bien que je ne compris presque pas.

— Quoi ? Mais quand ?

Je la regardai, bouche bée, et l'estomac noué.

— Tout de suite ! Amuse-toi bien...

Puis tout devint blanc – une fois de plus.

DOUZE

— Maudite Hécate, sifflai-je en regardant autour de moi, le cœur battant, essayant de comprendre où elle venait de m'envoyer.

On aurait dit une église, avec de grands plafonds voûtés en marbre blanc. Les murs étaient couverts de fresques, représentant des vignes, des plantes, des fleurs, et des papillons virevoltants. D'énormes rideaux, d'au moins six mètres de haut, bordaient les deux côtés les plus longs de la pièce, tandis qu'au centre se trouvait une grande table dressée pour deux, à côté d'une plate-forme circulaire surélevée. La plate-forme était vide, ce qui me parut bizarre... Quelque chose n'allait pas.

Je m'approchai en fronçant les sourcils. Je ressentais comme un vide, comme si, plus je m'approchais, et plus j'étais triste. Pourquoi cette plate-forme provoquait-elle en moi un tel sentiment ? Renonçant à essayer de comprendre, je me tournai vers la table. Elle n'avait rien de particulier, à part le fait qu'elle était sans doute trop grande pour seulement deux personnes, et qu'elle était dressée de manière somptueuse. En revanche, les chaises qui étaient installées de part et d'autre n'étaient pas ordinaires : elles ressemblaient aux grands sièges que j'avais vus dans la salle du trône, mais alors que les trônes étaient imposants et intimidants, ces chaises étaient élégantes et époustouflantes. Je remarquai également qu'elles étaient décorées à la fois de crânes *et* de roses, sculptés dans le bois d'acajou, les roses délicatement enroulées autour des crânes. Étrangement, le résultat était très esthétique, en partie grâce au fait que les sculptures étaient réalisées à la perfection, et donnait envie de s'y installer.

Alors que je tendais la main pour toucher le bois de la chaise la plus proche, une voix s'éleva brusquement derrière moi.

— Comment es-tu arrivée ici ?

Je me retournai, et découvris avec effroi qu'il s'agissait d'Hadès.

— C'est Hécate qui m'a envoyée, avec ce truc de lumière blanche que vous faites tous, dis-je rapidement, essayant de maîtriser la peur qui montait en moi. Je croyais que tu m'attendais...

Il soupira, la fumée ondulant autour de lui.

— Hécate devrait apprendre à se mêler de ce qui la regarde...

— Oh... Souhaites-tu que je m'en aille ? lui demandai-je, pleine d'espoir.

Sa forme devint légèrement plus nette, et je pus entrapercevoir ses yeux argentés.

— Tu n'aurais surtout pas dû venir...

— Ce n'est pas moi qui l'ai voulu ! répondis-je sèchement, incapable de dissimuler mon agacement. Je ne suis pas du genre à vouloir être enfermée, surtout dans une chambre sans fenêtres !

La forme ondula à nouveau.

— Le monde souterrain n'est pas un endroit pour toi, déclara-t-il d'une voix froide et dure.

— Alors renvoie-moi chez moi !

À la simple idée qu'il allait peut-être me renvoyer tout de suite à New York, dans ma vie, je fus saisie d'émotion et mes mains devinrent moites. *S'il te plaît, je t'en supplie, renvoie-moi à la maison !*

— Je ne peux pas, siffla-t-il.

La température monta soudain en flèche.

— Seul mon frère, ce tyran, pourrait le décider.

Je le regardai en inclinant la tête sur le côté. Comment un roi pouvait-il se laisser dicter sa conduite par un autre ?

— Pourquoi ne lui résistes-tu pas ?

Je regrettai immédiatement mon insolence. La température monta d'un cran supplémentaire, et de petites volutes de fumée s'échappèrent de sa forme.

— Tu crois que je n'ai pas essayé ? tonna-t-il.

Soudain, mon esprit fut assailli d'images de feu, et je sentis sur ma langue le goût âcre du fer et du sang.

— Non, s'il te plaît, ne fais pas ça ! le suppliai-je.

Je détestai être aussi vulnérable et faible, mais j'étais incapable de m'en empêcher.

Aussitôt, les images et le goût disparurent, ma peur s'estompa, et la température redevint normale.

— Ce n'est pas un endroit pour les humains, lança Hadès. Tu risques de te faire tuer ici !

— Tu veux me faire mourir de peur ! ripostai-je, les nerfs à vif. Comment veux-tu que je déjeune avec toi si tu me fais peur chaque fois que je te pose une question qui te déplaît ?

Sa forme devint plus grande.

— *Déjeuner ?*

— C'est ce que m'a dit Hécate…

Je ne comprenais plus rien. Tout ce dont j'étais sûre, c'était que je n'avais rencontré Hadès que deux fois, et je le détestais déjà.

— Cette femme est infernale, marmonna-t-il.

Il y eut un long silence, avant qu'il ne reprenne la parole.

— Tu as faim ?

— Non, mentis-je. Tu peux simplement me renvoyer dans ma chambre.

Il marqua une pause avant de répondre.

— On m'a dit que tu n'aimais pas ta nouvelle chambre.

Nouvelle chambre ? Les mots d'Hécate me revinrent à l'esprit. « *Avant, tu partageais la chambre d'Hadès, imbécile !* ». Comment était-ce possible ? Comment avais-je pu dormir dans la même chambre que cette chose ? Même si l'on faisait abstraction du fait qu'il n'était que fumée, il n'avait aucune personnalité, et encore moins le sens de l'humour. En plus, il était terrifiant.

Je priai pour qu'il ne mentionne pas le fait que nous étions censés avoir été mariés...

— Elle est très jolie, mais il n'y a pas de fenêtres. Or, je passe le plus clair de mon temps dehors d'habitude, dis-je aussi poliment que possible.

— Rien ne t'empêche de sortir ! répondit-il sèchement, même si je remarquai que son ton était moins rude.

— Vraiment ? Mais où ?

Il leva une main de fumée, et les rideaux de chaque côté de la pièce s'ouvrirent lentement. En découvrant ce qu'il y avait derrière, j'eus le souffle coupé. *La lumière du soleil !* Je me précipitai vers les grandes baies vitrées qui avaient été cachées par les rideaux mais, lorsque je fus suffisamment près pour voir l'extérieur, je m'arrêtai net.

Le paysage n'était qu'une étendue de terre aride, dont la surface desséchée était craquelée de toute part. À l'exception de quelques arbres têtus et nus, rien ne vivait. C'était comme si la mort s'étendait sur des kilomètres à la ronde.

— Qu'est-il arrivé ? soufflai-je.

— Rien ne peut pousser ici, dit-il sans ambages. Mais cela reste un extérieur, non ?

Le silence s'installa quelques secondes tandis que je regardai le paysage avec une immense tristesse.

— Qu'est-ce que c'est que ça ? me demanda-t-il au bout d'un certain temps.

Je me tournai vers lui et vis son bras enfumé pointer mes pieds. Je baissai les yeux et découvris Skop, immobile, les yeux levés vers moi.

— C'est mon nouveau garde.

— Ton garde est un kobalos ? Pour quelle raison ? Tout ce qu'ils savent faire, c'est jouer des tours aux gens et essayer de baiser tout ce qui bouge, déclara-t-il.

Skop agita la queue et un sourire apparut spontanément sur mes lèvres.

— Apparemment, Dionysos a pensé que j'avais davantage besoin de me divertir que d'être protégée, répondis-je.

— Il s'est trompé !

Je pris une profonde inspiration. Hadès pensait-il que j'avais besoin d'être protégée ? Sa voix, légèrement plus douce, trahissait une pointe d'inquiétude. Apaisée par la lumière du soleil – bien que faible – je pris mon courage à deux mains et décidai d'essayer d'obtenir toutes les informations que l'homme en face de moi – que j'avais semblait-il aimé un jour – pourrait me donner.

— Pourquoi penses-tu que j'ai besoin d'un garde ?

— Je ne peux pas te le dire.

— Suis-je en danger ? Ou Poséidon a-t-il raison lorsqu'il prétend que c'est moi qui suis dangereuse ?

— Ni l'un ni l'autre.

Je décidai de changer de cap. Hadès ne m'avait pas fait peur depuis trois bonnes minutes maintenant, et je me sentais de plus en plus sûre de moi à mesure que nous parlions.

— Pourquoi la température change-t-elle lorsque tu es en colère ? Pourquoi fait-il froid à certains moments, et chaud à d'autres ?

— Cesse de me poser des questions.

— Non ! Je ne connais rien à ce monde. Je mérite bien quelques réponses à des questions inoffensives, non ?

— *Mériter* ?

Il ondula.

— Oui, *mériter* ! Ai-je besoin de te rappeler que j'ai été enlevée et amenée ici de force ? Que j'ai dû combattre un démon afin de pouvoir accéder à une vie que je ne comprends pas ?

La forme de fumée se contracta rapidement, devenant presque solide. Il y eut un long silence, et mon cœur se remit à marteler. Étais-je allée trop loin ?

— Il ne fait chaud que lorsque je perds le contrôle de moi-même, dit soudain Hadès d'une voix cette fois parfaitement apaisée. Lorsqu'il fait froid, c'est que je fais exprès de faire peur.

Mes yeux se tournèrent vers l'endroit où je savais qu'étaient les siens. *Il me répondait.*

— Est-ce toi qui a choisi de n'être que de la fumée ? m'empressai-je de demander, comme si je devais poser toutes mes questions avant qu'il ne change d'avis.

— Oui.

— Pourquoi ?

— Je ne veux pas que les gens sachent à quoi je ressemble.

— Pourquoi ?

— Je suis le dieu des Morts...

— Ce n'est pas une réponse, dis-je en inclinant la tête vers lui et en fronçant les sourcils.

— Si, c'en est une.

— Non ! Tu veux être de la fumée pour être plus effrayant, c'est ça ?

— Non. J'essaie de...

Il s'interrompit brusquement.

— Je n'ai pas à te le dire, finit-il par reprendre.

Sa voix était définitivement différente, à présent. Elle était profonde et riche. Je pris une longue inspiration, me préparant à poser la question qui m'intriguait le plus, espérant presque qu'il dirait non.

— Pourrais-je voir tes yeux ?

— Non, dit-il.

Mais sa voix était douce.

— S'il te plaît...

Je m'avançai vers lui, fixant son visage de fumée sans traits.

— Pourquoi veux-tu les voir ?

— Parce que... Quand je les ai vus hier, j'ai su que je ne rêvais pas. J'ai su que tout cela était réel. Tes yeux sont la seule chose que je reconnais dans ce monde.

Je savais que je lui en disais trop, mais j'étais incapable de m'en empêcher.

La forme d'Hadès a clignoté et, soudain, ils apparurent. Ces beaux yeux argentés et brillant d'une intensité rare. Mais la tristesse et la douleur qu'ils exprimaient étaient si évidentes que j'en eus le souffle coupé.

En moins d'une seconde, ils avaient de nouveau

disparu, et j'expirai lentement, submergée par le désir de l'aider, de le rendre heureux, et de réparer ce qui le rendait si intensément triste. Je cherchai quelque chose à dire, mais Hadès parla le premier.

— Tu dois partir. Je dirai à Hécate de ne plus organiser ce genre de rencontre stupide.

Sa voix était redevenue cruelle et autoritaire. Je frissonnai, ne sachant pas si c'était en raison de mes propres émotions, ou si c'était lui qui avait fait baisser la température.

— Mais...

— Tais-toi ! m'interrompit-il. De toute façon, tu ne vas pas rester longtemps ici.

Sa voix me faisait penser à des serpents, alors que j'aurais voulu garder l'émotion et la profondeur qu'il avait révélées plus tôt. *Je voulais l'aider.*

Je ne comprenais plus rien, et un sentiment de colère s'empara de moi. Comment pouvait-il se montrer aussi doux une minute, et aussi rustre la suivante ?

— J'espère ! rétorquai-je sèchement.

— Perds les Épreuves, et quitte mon royaume !

Son ton dur, arrogant et froid provoquait en moi à la fois de la tristesse et de la colère.

— Avec plaisir, crachai-je en le foudroyant du regard.

TREIZE

— *Eh ben, tu n'as pas été très polie !* déclara Skop alors que je me jetais sur mon lit.

— J'aimerais simplement qu'ils arrêtent de m'envoyer partout avec leur lumière à la con ! fulminai-je. Ils ne peuvent pas utiliser des portes et des escaliers comme des gens normaux, putain ?

— *J'adore quand tu es vulgaire...* rit Skop en sautant à côté de moi. *Les femmes fougueuses sont celles que je préfère !*

— Pas maintenant, Skop, s'il te plaît. Je ne suis vraiment pas d'humeur. Je croyais que tu étais là pour me remonter le moral ?

— *Mais c'est le cas ! Je peux chier dans l'une de ses chaussures, si tu veux ?*

J'éclatai de rire.

— J'adorerai, mais je ne suis même pas sûre qu'il porte des chaussures. Il est fait de fumée, je te rappelle...

— *Nan, il a des vêtements là-dessous !*

Je le regardai en haussant les sourcils.

— Tu peux le voir tel qu'il est, malgré sa fumée ?

— *Oui.*

— À quoi ressemble-t-il ?

Je me détestai de poser cette question, mais la curiosité était trop forte.

— *J'aime surtout les femmes, mais je dois avouer qu'il est plutôt pas mal...*

— Génial ! soupirai-je en levant les yeux au ciel. Mais sinon ?

— *Tu le verras bien assez tôt,* répondit Skop en tournant sur lui-même sur les couvertures, avant de se coucher en boule.

— J'en doute ! Tu as entendu ce qu'il a dit : il veut que je quitte son royaume le plus vite possible.

— *Ce qui, en langage de dieu en colère, signifie : j'aimerais beaucoup coucher avec toi.*

— Ne sois pas ridicule ! protestai-je.

Pourtant, une partie de moi avait envie de croire que Skop avait raison. Un frisson me parcourut. *Fumée. Il est fait de fumée ! Il te remplit la tête de morts, et il vient de démontrer qu'il est un véritable connard. Oublie, ma fille !* tentai-je de me raisonner.

Hadès n'était définitivement pas pour moi...

Je passai la demi-heure suivante à essayer d'apprendre à parler à Skop dans ma tête, comme il le faisait avec moi. Je devais penser à un mot et lui devait essayer de l'entendre, mais l'exercice était plus dur qu'il n'en avait l'air. Pourtant, au bout d'un moment, la technique commençait à fonctionner.

— Est-ce que je pourrai parler à tout le monde comme ça ? lui demandai-je en silence.

— *Non. Uniquement aux sprites, aux objets magiques avec*

lesquels tu t'es liée, et aux êtres ayant des pouvoirs.

— Et Hécate ?

— *Je ne sais pas, tu devras lui demander.*

On frappa à la porte. C'était Hécate qui entra avant que je n'aie le temps de l'y autoriser.

— Quand on parle du loup..., marmonnai-je.

Elle s'approcha et déposa sur le comptoir un grand plateau rempli de sandwichs.

— Je suis tellement, tellement désolée, s'excusa-t-elle.

— Tu peux ! grognai-je sans même la regarder. Tu m'as envoyée déjeuner avec lui sans même l'avoir prévenu !

— Je sais, je sais... J'ai pensé que c'était une bonne idée que vous vous retrouviez tous les deux pour parler...

— Eh bien, ce n'était pas le cas !

— Je sais. Je viens de me faire botter les fesses, d'ailleurs. Pour tout te dire, je suis même surprise de ne pas avoir été rétrogradée, dit-elle en poussant un soupir. Au fait, tu as l'air super sexy. Cette coiffure te va super bien !

Après avoir pardonné à Hécate ses tentatives malavisées de réconciliation conjugale, j'endossai une tenue de combat en cuir, et elle me conduisit dans la salle d'entraînement. Heureusement, cette fois, nous nous y rendîmes par des portes, des couloirs, et des escaliers. C'était un tel labyrinthe que j'aurais été incapable de retourner dans ma chambre seule.

— Tu te souviens comment revenir si jamais je me perds ? demandai-je silencieusement à Skop qui trottait à mes côtés.

— *Bien sûr !* me répondit-il gaiement.

La salle d'entraînement était une sorte de grande caverne, avec le même plafond lumineux que celui de ma chambre, et une ambiance typiquement grecque. Des colonnes bordaient les murs, délimitant un espace dans lequel étaient entreposées des caisses ouvertes. Hécate se dirigea droit vers l'une d'entre elles et se mit à farfouiller.

— Tu as apporté le poignard que je t'ai donné ?

— Bien sûr, dis-je en le tirant du petit fourreau qui était attaché à ma ceinture.

Les vêtements de combat étaient couverts de sangles, de pochettes et de boucles pour les armes.

— Très bien ! Pose-le là-bas, et ne t'approche pas de moi avec.

— D'accord, acquiesçai-je en posant le poignard au sol, à l'endroit qu'elle m'avait indiqué.

Skop le renifla, puis s'éloigna rapidement.

— Tiens ! me fit Hécate en se redressant.

Elle me tendit un poignard de la même taille que l'autre. Je m'approchai d'elle et le pris, en profitant pour jeter un coup d'œil dans les autres caisses. Elles étaient remplies d'armes.

— Le sol absorbera les chocs lorsque tu atterriras dessus. Tu n'as donc aucun risque de te blesser, déclara-t-elle.

— Quand j'atterrirai dessus ?

— Ouais ! lança-t-elle de manière laconique.

Puis, sans prévenir, elle lança sa jambe vers moi. Elle faucha mes deux chevilles en même temps, me faisant tomber tandis que le poignard tomba loin de moi. Je criai, mais je découvris rapidement qu'elle avait raison : le sol se transforma en une matière spongieuse. Malgré tout, cela ne m'empêcha pas d'avoir mal aux fesses.

— Leçon numéro un : quand tu es dans cette salle ou

dans une fosse de combat, tu dois être constamment vigilante.

Je la dévisageai.

— Tu n'aurais pas pu me le dire avant que nous arrivions ici ?

— Leçon numéro deux : rien n'est juste ! rétorqua-t-elle avec un large sourire.

— *Leçon numéro trois : ta prof est une conne !* ajouta Skop dans ma tête.

Je réprimai un sourire narquois.

Hécate passa l'heure suivante à m'apprendre comment utiliser un poignard dans un corps à corps. Je découvris qu'il était surtout important de dissimuler ses intentions et d'identifier les points faibles de l'adversaire.

J'étais épuisée.

— Rappelle-moi de reprendre la course ! soufflai-je, tandis qu'Hécate esquiva avec ma prise pour la cinquième fois, avec une agilité déconcertante.

— La course ? La rapidité ne te servira pas à grand-chose... Tu dois surtout développer ta tolérance, c'est-à-dire apprendre à recevoir quelques coups, déclara-t-elle en dansant sur la pointe des pieds, les poings levés.

— Suis-je la seule humaine à participer aux Épreuves ? lui demandai-je, surtout pour prolonger la pause et récupérer un peu d'énergie.

— Ouais !

— Et la gagnante actuelle, qu'est-ce qu'elle est ?

— Une nymphe des montagnes. Elle a des pouvoirs terrestres.

— Ha ! Donc, vivre sous terre n'est pas un problème pour elle, je suppose ?

Je repensai à ce que j'avais appris au sujet de mes propres pouvoirs dans la salle du trône.

— Et mon pouvoir était de faire pousser des plantes ?

— En quelque sorte, ouais...

— Ça veut dire quoi « en quelque sorte » ?

— Arrête de poser des questions, Persy ! me lança-t-elle en dansant vers moi.

Je levai rapidement mes bras dans une position défensive, pointant mon poignard vers elle.

La pause était terminée.

Enfin, Hécate déclara que nous nous étions suffisamment entraînées et que je devais économiser mon énergie pour l'épreuve qui devait avoir lieu le soir même. Je ne savais pas à quelle énergie elle faisait référence : j'étais littéralement anéantie. Lorsque nous fûmes de retour dans ma chambre, Hécate fit apparaître un verre de vin, comme celui qu'elle m'avait offert le jour de mon arrivée.

— Ça va te requinquer ! sourit-elle en nous versant deux verres. Nous avons une heure avant l'épreuve.

Je bus une gorgée et me sentis immédiatement plus *vivante* – plus alerte. Cela me parut bizarre... Dans mon monde, le vin avait au contraire tendance à annihiler les sens...

Lorsque j'eus repris suffisamment de forces, Hécate m'expliqua ce à quoi je devais m'attendre durant ma prochaine épreuve. Selon elle, il était peu probable que je doive me battre à nouveau, car mon premier combat était trop récent. Elle ne pensait pas non plus que mon hospitalité serait testée, car cela était l'objectif de l'épreuve du bal masqué.

— Ce sera donc une épreuve pour tester ton intelligence ou ta loyauté, déduisit-elle. À moins que ce ne soit ta force, mais – si c'est le cas – ce ne sera pas par le biais d'un combat.

— Comment testent-ils la loyauté ?

Elle me regarda de côté, semblant mal à l'aise.

— Pour être honnête avec toi, Persy, c'est généralement la pire épreuve. Ce sera quelque chose à laquelle tu ne t'attends pas, et tu ne seras pas toujours prévenue de la présence ou non d'un public.

— Ça veut dire qu'ils vont essayer de me piéger ?

— Oui.

— Et je ne saurai même pas que je suis ou non dans l'épreuve ?

— Pas nécessairement. S'il n'y a aucune chance que tu battes Menthé, ils pourraient ne pas être trop sévères avec toi.

— Est-ce que c'est Zeus qui conçoit toutes les épreuves ? demandai-je en prenant une autre gorgée de vin fortifiant.

— Non, tous les Olympiens participent à leur conception.

— Est-ce qu'ils s'entendent bien ?

Hécate pouffa d'un air sarcastique.

— Absolument pas !

— Qu'est-ce qu'Hadès a fait pour contrarier Zeus ? demandai-je avec désinvolture, même si je brûlais de connaître la réponse.

— Il a enfreint l'une de leurs très rares règles sacrées. Il a créé une nouvelle vie dans l'Olympe.

— Une *vie* ? Mais il est le dieu des Morts...

— Hadès n'est pas comme les autres Olympiens, Persy. Il est bien plus que ce que les gens voient de lui.

Ses yeux argentés, si pleins d'émotion, me revinrent à

l'esprit. Mais je repensai alors au feu, au goût du sang, à l'odeur de brûlé, et je soupirai.

— Les gens ne voient de lui que la fumée, dis-je.

— Il n'a pas toujours été comme ça, répondit-elle doucement.

Je sentis mon estomac se nouer.

— Qu'est-il arrivé ? demandai-je, même si, au fond de moi, je connaissais déjà la réponse.

— Toi.

QUATORZE

Bientôt, je me retrouvai à nouveau devant les dieux, assis sur leurs trônes les uns à côté des autres, des flammes de la taille d'un bâtiment dansant de chaque côté de la salle du trône flottante. Je gardai mes yeux rivés sur la forme d'Hadès, encadrée par les crânes intimidants qui composaient le dossier de son siège gigantesque. Mes paumes se mirent à transpirer.

— Bonjour, Olympe !

Soudain, la voix du commentateur retentit, et je sursautai en me tournant vers lui.

— *Dieux ! Qu'il m'agace !* dit la voix de Skop dans ma tête.

Je baissai les yeux vers lui, assis à mes pieds, en réprimant un sourire.

— Je suis tellement d'accord avec toi ! lui répondis-je silencieusement.

— Une épreuve est annoncée, aujourd'hui ! Comme notre petite Perséphone est humaine, et qu'elle est donc la seule prétendante sans pouvoirs, elle recevra une récompense supplémentaire si elle réussit ce test.

J'imaginai une pièce avec des fenêtres, déterminée à ne plus être sous terre. *Même si la vue était un paysage aride.*

— *Il n'a pas toujours été comme ça.*

Les mots d'Hécate tournaient en boucle dans ma tête. Je n'arrêtais pas d'essayer d'imaginer ce qu'elle ne m'avait pas dit, et ma frustration devenait de plus en plus difficile à réprimer. Étais-je aussi responsable de ce paysage desséché ? Qu'avais-je fait ?

— Il s'agit d'une épreuve de force ! annonça le commentateur.

Mon pouls s'accéléra. *S'il vous plaît, pas de combat !* priai-je.

— Perséphone devra affronter certaines de ses peurs, clama-t-il, tandis que mon estomac se noua.

Mes peurs ? Comment pouvaient-ils savoir ce qui me faisait peur ? *S'il est question d'araignées, je peux dire adieu à la chambre avec des fenêtres*, pensai-je, gagnée par l'anxiété.

— L'épreuve n'aura pas lieu dans la salle du trône, et je vous invite tous à nous rejoindre dans le gouffre !

— Quoi ? Mais...

Je n'eus pas le temps d'en dire davantage car cette fichue lumière me fit à nouveau disparaître.

Lorsque la lumière se dissipa et que je découvris l'endroit où je me trouvais, mon cœur s'arrêta de battre pendant quelques secondes. Je me tenais au bord d'un ravin. Instinctivement, je reculai et trébuchai. Jamais mon cœur n'avait battu aussi vite ni aussi fort. Je tenais à peine debout. Je m'accroupis afin de baisser mon centre de gravité et ne pas tomber dans le cas où mes jambes se déroberaient. Ma tête tournait, j'avais la nausée. En regardant dans le vide, je crus que j'allais mourir.

Lors de la dernière épreuve, j'avais été terrifiée lorsque je m'étais retrouvée au bord du trou en feu, dans la fosse de combat. C'est là qu'ils avaient dû comprendre que j'avais peur de la hauteur. Était-ce quelque chose que je leur devais ?

Ça va aller. Ça va aller. Tu es loin du bord. Tu ne sais même pas ce qu'ils vont te demander de faire ! Je me forçai à regarder autour de moi en respirant profondément, me convainquant que j'irais mieux dès que l'adrénaline serait montée et m'aurait aidée à dépasser la peur initiale.

Au moins j'étais dehors. Après des jours à être enfermée et à rêver de pouvoir respirer à l'air libre. Il n'y avait rien d'autre qu'un ciel blanchâtre au-dessus de moi, et le ravin au bord duquel j'étais accroupie était creusé dans le sol sec et poussiéreux. Sur la falaise en face de moi, formant l'autre côté de ce que le commentateur avait dû vouloir désigner lorsqu'il avait parlé du « gouffre », tous les dieux étaient alignés, installés sur leurs trônes. Ils étaient trop éloignés pour que je puisse distinguer leur expression.

Je respirai plus profondément, essayant de sentir une brise et de me réconforter en me rappelant que je n'étais plus sous terre. Mais cela ne changeait pas grand-chose. L'air ne bougeait pas, la température n'était ni fraîche ni chaude, je ne sentais aucune odeur. J'étais à l'extérieur, mais c'était très différent de ce que je connaissais.

— Hécate ? Skop ? appelai-je, désespérée.

— *Je suis de l'autre côté*, me répondit Skop.

Je fus surprise par le réconfort que sa voix m'apporta.

— J'ai le vertige, dis-je rapidement, comme si exprimer ma peur risquait de le faire partir.

Heureusement, ce n'était pas le cas.

Il y eut un long silence.

— *Merde !* finit-il par dire.

— Nous voici donc au bord du gouffre ! lança le commentateur. Comme vous le savez tous depuis les précédentes épreuves des autres candidates, il s'agit d'une partie particulièrement dangereuse du monde d'en bas… Tous ceux qui y sont tombés n'en sont jamais revenus…

Je sentis la bile monter dans ma gorge. *N'en sont jamais revenus ?* Finalement, le trou en feu de la dernière fois me parut moins effrayant. J'avais la chair de poule.

— Tout ce que Perséphone doit faire pour remporter cette épreuve est de passer de l'autre côté. Souhaitons-lui bonne chance !

— Quoi ? m'exclamai-je à haute voix.

Comment pouvais-je passer de l'autre côté ? Il n'y avait pas de ponts et le gouffre séparant les deux falaises mesurait au moins vingt mètres, il m'était donc impossible de sauter ! Même si, de toute façon, je n'aurais certainement pas sauté au-dessus d'un trou dont on risquait de ne jamais revenir, aussi étroit fût-il.

— Comment dois-je faire ? hurlai-je en regardant les dieux, qui me paraissaient tout petits, de si loin.

Aucune réponse.

Prenant soin de rester accroupie, je me tournai vers les trois juges, assis sur leurs sièges géants au milieu d'une terre immense et sans rien.

— Eh ! leur criai-je.

Mais aucun d'eux ne répondit, se contentant de me regarder fixement.

Dépitée, je me tournai à nouveau vers le gouffre. Peut-être y avait-il un pont, en contrebas, que je n'avais pas vu ? Mais pour le savoir, je devais me rapprocher du bord...

Je restai assise, tremblante de peur. Pendant des années et des années, je n'avais même pas pu monter sur un escabeau. Peu importe les efforts que je faisais pour être rationnelle ou ma détermination, mon corps trahissait mon esprit chaque fois que j'étais dans une position où je pouvais potentiellement tomber. Mes jambes et mes mains tremblaient, ma respiration devenait difficile, et ma vision se brouillait de plus en plus à mesure que le vertige prenait le dessus sur moi.

Tu sais ce qui va se passer, me dis-je. Tu peux donc l'appréhender et le gérer. Tu peux le faire !

J'avançai sur mes fesses, plus près du bord. Je n'étais qu'à une trentaine de centimètres, tout près du précipice, donc. Je relevai mes genoux et avançai plus loin, m'obligeant à respirer lentement et profondément. Enfin, je pus voir le gouffre ; je regardai de gauche à droite, essayant de repérer un pont.

Rien.

— *Il est invisible,* me dit la voix de Skop dans ma tête.

— Quoi ?

— *Tu es désavantagée car tu n'es pas de l'Olympe et tu n'as donc aucun pouvoir. Je trouve donc normal de te le dire : le pont est invisible.*

— Mais, dans ce cas, comment puis-je le traverser ? sifflai-je dans ma tête.

— *Tu dois le ressentir. Marche droit, ou avance sur tes fesses. Ça marche aussi !*

— Le ressentir ? Tu es complètement malade ! Je ne peux pas faire un truc pareil !

Si mon cœur avait battu plus vite, j'aurais vomi. Ou j'aurais eu une crise cardiaque et serais morte sur le champ. Mais, à bien y réfléchir, cela aurait peut-être été préférable au fait de devoir traverser un pont invisible au-dessus d'un ravin sans fond.

— *Essaie !*

Je sursautai en entendant la voix. Je retins mon souffle. Ce n'était pas la voix de Skop ! C'était la voix que j'avais entendue lors de la dernière épreuve.

— Qui es-tu ? criai-je.

Je ne pouvais m'adresser à lui dans ma tête car je ne pouvais pas projeter mes pensées sur quelqu'un qui m'était totalement inconnu.

— *Avance lentement et ressens la présence du pont...*

— Ne me dites pas que c'est vous qui leur avez dit que j'avais le vertige ?

Ma voix tremblait.

— *Il est à environ trente centimètres sur ta gauche,* continua la voix, ignorant ma question.

Tout mon corps était maintenant couvert de sueur, mon dos trempé sous le corset de cuir. Je traînai un pied sur ma gauche et, de mes mains humides et tremblantes, je me soulevais pour me décaler sur le côté. Lorsque je ramenai mes mains autour de mes genoux, elles étaient couvertes de poussière.

— *Très bien ! Maintenant, avance.*

J'ai fermé les yeux, mais cela n'a en rien atténué la panique qui montait. *Allez, allez, allez. Ils ne vous laisseront pas mourir si tôt dans la compétition. Avoir une emprise.* Je reculai un peu, puis pivotai sur mon ventre, souhaitant pouvoir entendre autre chose que le martèlement de mon cœur contre mes côtes pour me distraire.

— Cet endroit est nul ! sifflai-je à voix haute, alors que j'agrippai le bord de la falaise avec mes mains moites.

Ma tête était trop en arrière pour que je puisse voir par-dessus le bord, ce qui était pourtant exactement ce que je devais faire.

— Et je parie que j'ai l'air complètement ridicule, en plus ! gémis-je.

Je me revis au collège, étendue sur le ventre, par terre, comme chaque fois qu'un crétin m'avait fait trébucher ou m'avait poussée pour faire rire tout le monde. Cette pensée m'envoya une bouffée de détermination, et je déplaçai prudemment mes doigts le long du bord. Soudain, ma main droite heurta quelque chose de dur. Lentement, je me mis alors à tâtonner autour de moi, en me rapprochant, tout en restant à une certaine distance du précipice. Skop avait raison : il y avait un pont ! Sa surface était fraîche et lisse, comme du plastique ou du métal, et je pouvais saisir chaque bord avec mes mains. Il ne devait pas mesurer plus d'un mètre de large. Très, très lentement, je me redressai, gardant mes mains agrippées aux bords du pont pour ne pas le perdre, en maintenant les yeux fermés. Les muscles de mes cuisses vibraient. Une autre vague de vertige s'abattit sur moi et je tentai de la vaincre en inspirant profondément. *Ne perds pas le contrôle !* me réprimandai-je. *Continue comme ça. Tiens les bords du pont, et tu ne tomberas pas. Il suffit de ramper. Allez ! Toute l'Olympe te regarde !*

J'avançai un genou en avant, terrorisée. Mon instinct de survie me suppliait d'ouvrir les yeux, mais le bon sens et la peur les gardaient fermés. C'était un pont *invisible !* Il était hors de question que je regarde en bas pendant que j'avançais. Je glissai une main tremblante le long du bord du pont, puis me hissai doucement, appréhendant de savoir si le pont allait tenir ou non sous mon poids. Il tint. J'expirai profondément, puis répétai le mouvement de l'autre côté. Genou en avant, main en avant. Encore. Et encore. *Je peux le faire !*

Et j'aurais probablement pu si mes yeux – ces traîtres – ne s'étaient pas ouverts.

Instantanément, des points noirs envahirent ma vision, alors que l'image devant moi semblait flotter et se déformer. Je fus figée par une peur glaciale. Je ressentis une puissante nausée. J'étais incapable de réfléchir correctement. *Descends de ce pont, descends de ce pont, descends de ce pont !* me répétai-je sans cesse, empêchant toute pensée cohérente de faire son chemin. Je sentis des spasmes et des secousses dans ma jambe droite, jusqu'à ce que ma hanche droite fléchisse. Je m'immobilisai, pétrifiée. Je n'avais aucune idée de la distance que j'avais parcourue sur le pont ; la seule chose à laquelle je pensais était que mon corps me lâchait et que j'étais perdue. Je m'effondrai, mon menton heurtant le sol transparent. Alors, par réflexe, je fermai mes yeux pleins de larmes, me concentrant sur le goût du sang dans ma bouche pour éviter de penser au pire.

— *Perséphone ! Reviens par où tu es venue, tu n'es pas loin !* résonna la voix paniquée de Skop dans mon esprit.

Tu n'es pas loin. C'était exactement ce que j'avais besoin d'entendre. M'accrochant à ses paroles, je me forçai à me relever sur mes jambes tremblantes et engourdies. Je devais être pathétique, courbée et les fesses en l'air sur un pont transparent, mais c'était le cadet de mes soucis.

— *C'est bien. Continue ! Tu y es presque…,* m'encouragea

Skop tandis que je commençai à reculer, centimètre par centimètre.

Mes mains tremblaient tellement que je pouvais à peine les utiliser.

— *Bravo ! Tes jambes ne sont plus sur le pont maintenant !* déclara Skop d'une voix anxieuse mais claire.

Lorsque je sentis la falaise avec mes pieds, je déroulai lentement mes doigts des barrières du pont. Des larmes coulaient sur mes joues alors que je retenais ma respiration, me redressant et ouvrant les yeux. *Je suis sur la terre ferme !* Je reculai, loin du bord, et regardai en direction des dieux, malgré ma vision toujours floue. Aucun d'eux ne bougea.

— Je n'y arrive pas ! hurlai-je.

Tout mon corps vibrait. J'avais l'impression que j'allais m'évanouir. Surtout, j'étais en colère contre moi-même ; contre ce corps et cet esprit qui m'avaient empêchée de remporter l'épreuve. Je fondis en larmes, et me détestai encore plus pour cela. Je n'avais pourtant pas voulu avoir l'air faible. Je ne voulais pas être leur cible. Je voulais qu'ils me voient comme une outsider qui tenait le coup.

Pourtant, j'étais là, sanglotant et tremblant comme une petite fille, incapable de traverser un foutu pont !

Et tout l'Olympe m'avait vue échouer.

QUINZE

— *Cette chambre n'est pas si mal,* dit Skop en sautant sur le lit à côté de moi.

Je tirai la couette au-dessus de ma tête.

— Ça n'a rien à voir avec la chambre ! dis-je sèchement.

Honnêtement, je le pensais, surtout en sachant que la vue par la fenêtre que j'aurais gagnée était cette horrible friche.

— Je me suis ridiculisée devant le monde entier !

— *Peut-être que personne n'a regardé, aujourd'hui ?* suggéra mon kobalos.

— C'est ça, bien sûr..., répondis-je avec sarcasme.

Zeus, Athéna, Hadès..., tous les dieux de l'Olympe regardaient ! Ils m'avaient tous vue m'effondrer, échouer de façon spectaculaire à une épreuve de force. Et pire : ils avaient tous vu les juges ne m'attribuer aucun jeton avant que je ne sois renvoyée dans ma chambre, tremblant et pleurant comme une petite fille. Je fis une grimace et enfouis mon visage dans mon oreiller afin de pouvoir crier des injures sans être entendue. J'étais tellement en colère contre moi-même ! Mon corps m'avait trahie, et je ne pouvais rien y faire... Quel sentiment d'impuissance ! Je n'avais personne d'autre à blâmer que moi-même. C'était comme revivre mes années de harcèlement, au collège, lorsque j'étais faible et sans défense. Je n'osais même plus sortir de mon lit. Pourtant, il le fallait bien ; je n'allais pas pouvoir rester éternellement couchée...

Je savais très peu de choses sur ce monde, et je n'avais aucune idée du nombre de personnes qui avaient été témoins de mon échec. Mais même une seule personne était déjà une de trop. J'avais laissé mes peurs prendre le dessus sur moi, et je me détestai pour cela.

— *Tu as toujours eu le vertige ?* me demanda Skop d'une voix plus douce que d'habitude.

— Oui.'

— *Tu as d'autres phobies ?*

— Aucune qui soit aussi paralysante ! sifflai-je.

La honte brûlait en moi, alimentée par la colère. J'aurais voulu pouvoir échapper à mon propre corps, être quelqu'un d'autre. *Quelqu'un d'autre !*

— *Bon... Ils ne peuvent pas utiliser deux fois le même test. Donc, le pire est maintenant derrière toi !*

Je jetai un coup d'œil par-dessus le bord de la couette et le regardai.

— Vraiment ? Je n'aurai plus jamais à faire ça ?

— *Non.*

— Merci ! soupirai-je en fermant les yeux. Merci, merci, merci !

C'était en effet une bonne nouvelle, mais si cela n'enlevait rien à la honte et au fait que j'allais devoir me confronter au regard des autres qui devaient certainement me juger totalement pathétique.

On frappa fort à ma porte, et je me couvris à nouveau la tête avec la couette.

— Allez-vous-en ! criai-je.

— Ce n'est pas en te cachant sous ta couette que tu vas redorer ton image, déclara Hécate, entrant malgré mon injonction.

La honte me submergea à nouveau.

— Qu'est-ce que je suis censée faire ? Faire comme si ça n'était jamais arrivé ?

— Oui ! C'est exactement ce que tu dois faire. Tu dois agir comme si tu t'en fichais.

— Comment ?

Je baissai les couvertures et découvris Hécate debout au-dessus de moi, les mains sur les hanches. Son beau visage n'exprimait aucune pitié ni aucune compassion.

— Tout le monde a des faiblesses ! Ces épreuves ont justement pour but de les exposer. Tu as de la chance : la tienne a été révélée suffisamment tôt. Tu dois te comporter devant les autres comme s'il était parfaitement normal de ne pas pouvoir traverser un pont invisible au-dessus d'un gouffre sans fond, et faire croire à tout le monde que tu vas réussir toutes les autres épreuves.

Je la fixai, prenant le temps d'analyser ses paroles. Une partie de moi savait qu'elle avait raison. Après tout, nous n'étions pas tous des super-héros, même ici. En revanche, tout le monde avait des pouvoirs. Tout le monde sauf moi. *Tu es l'outsider, le maillon faible,* me murmura mon cerveau.

— J'ai rappelé à tout le monde que je suis humaine, et inférieure à eux, dis-je calmement.

— Je ne voudrais pas te faire de peine, mais ils le savaient déjà ! Tu n'avais pas besoin de le leur rappeler. En fait, personne ici ne s'attend à ce que tu gagnes quoi que ce soit.

— Mais, dans ce cas, qu'est-ce que je fais ici ? explosai-je. Ils veulent juste me ridiculiser, c'est ça ?

Hécate leva les bras en l'air, me lançant un regard exaspéré.

— Oui ! Ne me dis pas que tu ne l'avais pas encore compris ? Zeus t'a amenée ici pour faire chier Hadès ! Là, voilà ! Cela n'avait rien à voir avec toi, personnellement !

— Rien à voir avec moi, *personnellement* ?! hurlai-je. Mais ce sont vraiment des connards ! C'est complètement injuste et, d'ailleurs, j'en ai assez !

D'un geste, je repoussai ma couette et bondis sur mes pieds.

— Où est Zeus ?

Hécate me regarda d'un air surpris, puis se mit à sourire.

— Persy, je suis très contente de te voir en colère au lieu de te complaire dans la honte, mais je ne pense pas que s'en prendre au roi des dieux, l'être le plus puissant de l'Olympe, soit une très bonne idée...

— Il ne peut rien me faire avant les épreuves. Je veux lui parler !

La fureur me consumait tout entière. J'étais en transe.

— Non, dit-elle catégoriquement.

Je grognai, mais elle ne céda pas, me toisant en haussant un sourcil.

— En revanche, si tu as besoin de te défouler, tu peux te battre contre moi. Dans la salle d'entraînement.

Je la regardais un instant sans rien dire. Plus j'y pensais, plus l'idée de m'entraîner avec elle me séduisait. J'avais envie de donner des coups de pied, des coups de poing, de hurler.

— D'accord. De toute façon, qu'est-ce que je pourrais

bien dire à un connard sadique qui imagine un pont invisible ? abdiquai-je.

— *Je suis complètement d'accord avec toi !* approuva Skop dans ma tête.

Plus je portais de coups sur Hécate, plus je sentais ma peau se meurtrir et mes muscles me faire mal, et moins je me sentais inutile. J'étais faite de chair et de sang, et donner des coups dans des sacs de frappe me le rappelait. Voir l'empreinte de mes poings et de mes pieds dans le tissu épais me prouvait que j'avais bel et bien un impact. J'existais. Je n'étais pas *rien*.

— C'est beaucoup, beaucoup mieux que ce matin, haleta Hécate. Mais, maintenant, je meurs de faim. Il est tard !

Nous mangeâmes ensemble dans ma chambre. Nous parlâmes à peine, trop concentrées à dévorer notre délicieux repas : poulet rôti et carottes.

— Est-ce que d'autres candidates ont déjà échoué à une épreuve ? demandai-je en avalant ma dernière bouchée.

— Bien sûr ! Plein ! Il y a neuf épreuves, réparties en trois parties. Menthé, celle qui est actuellement en tête, n'a que cinq jetons.

— Il y en a neuf ? m'étonnai-je, soulagée de ne pas être la première à échouer. Est-ce qu'il est possible que j'en fasse moins de neuf ?

— Euh... ouais ! Certaines filles ont fait moins, répondit-elle d'un air évasif.

— *Il n'y a qu'une seule façon pour que cela se produise,* ajouta Skop.

Je lui jetai un morceau de poulet et il bondit sur ses pieds, remuant la queue.

— Skop, ne lui dis rien ! lui ordonna Hécate.

— Je le jure devant Dieu : si je t'entends encore une fois dire « ne lui dis rien », je...

— *Les* dieux ! m'interrompit Hécate en soupirant. Je continuerai à te corriger jusqu'à ce que tu ne commettes plus l'erreur ! Nous avons *plusieurs* dieux, pas *un seul* Dieu !

— Peu importe ! Dis-moi pourquoi certaines filles ont fait moins d'épreuves ?

Hécate baissa les yeux sur son assiette vide.

— Parce qu'elles sont mortes.

Je clignai des yeux, médusée.

— *Mortes* ? Durant... durant les épreuves ? balbutiai-je.

— Oui.

Je posai mon assiette à côté de moi et Hécate se leva, la saisissant rapidement.

— Bon, eh bien, il se fait tard. Je ferais mieux d'aller me coucher ! Hédoné reviendra te voir, demain, pour t'aider à préparer le bal.

— Ils laissent les filles mourir ? insistai-je en ne la quittant pas des yeux.

— Ce n'est pas qu'ils les laissent mourir ; ils n'ont pas le droit d'intervenir, Persy.

Je faillis lui avouer qu'une voix m'aidait pendant les épreuves, mais je décidai finalement de m'abstenir. Si jamais cela était contraire aux règles, il valait sûrement mieux ne pas en parler...

— Je savais que c'était dangereux, mais...

— Continue à t'entraîner comme tu l'as fait tout à l'heure, suis à la lettre les recommandations d'Hédoné, et tout ira bien.

Rien de tout cela n'est réel de toute façon. Qu'est-ce que ça peut faire si tu meurs ? Ce n'est qu'un rêve ! tentai-je de me rassurer. Mais je ne me croyais plus moi-même. Je savais que je n'étais pas dans un rêve, que tout ce que j'étais en train de vivre était réel. Me répéter le contraire n'était qu'une vaine tentative de trouver un sens à ce qui semblait ne pas en avoir...

Tout cela était fou, mais c'était réel.

Je venais à peine de m'endormir lorsque j'arrivai dans le magnifique jardin que j'avais visité la nuit précédente. Le cliquetis de l'eau se mêlait au chant des oiseaux. Je levai les yeux pour observer les arbres.

— Tu ne les verras pas. Il y a beaucoup de choses que tu ne verras pas tant que tu n'auras pas pleinement accepté ce monde.

C'était la même voix grave et calme que la dernière fois.

— C'est toi qui me parles pendant les épreuves ? demandai-je en me dirigeant vers la fontaine d'Atlas.

— Je ne peux te parler que pendant ton sommeil, ma chère jeune fille, répondit-il.

Je m'arrêtai, m'accroupis près d'un carré de fleurs, et passai doucement mes doigts sur les pétales. Un frisson de satisfaction me parcourut. Cet endroit était tout simplement parfait !

— Tu as peur du vide ?

La question brisa mon sentiment de sérénité. Je fronçai les sourcils.

— Vous le savez déjà, non ? Comme tout l'Olympe, d'ailleurs... Qui es-tu ?

— Peu importe qui je suis, Perséphone. Ce qui compte, c'est qui *tu* es.

Je me relevai en soupirant et marchai jusqu'à un autre parterre de fleurs, inspirant profondément leur parfum.

— Je n'ai aucune idée de qui je suis. Personne ne veut me le dire...

— Ce n'est pas vrai. Par exemple, tu sais que tu as déjà été mariée à Hadès.

— Ce que j'ai du mal à croire. Si vous avez inventé cet incroyable jardin, alors vous devez pouvoir comprendre : je suis incapable de vivre sous terre. Et jamais je n'aurais pu aimer un homme dont le royaume est celui des morts.

Je ressentis malgré moi un léger frisson.

— C'est vrai, tu as raison. Tes pouvoirs sont l'antithèse de la mort..., approuva la voix.

— Exactement. Tout ce que j'aime, c'est planter des choses, leur donner vie, et les regarder pousser en prenant soin d'elles, dis-je joyeusement en passant un doigt sur les pétales d'un grand tournesol. C'est le contraire de la mort !

— En effet.

— Et de toute façon, je n'ai aucun pouvoir...

— Perséphone, tu peux faire tout ce que tu veux. Tu n'as aucune idée de ton potentiel.

Je levai les yeux au ciel. Toute ma vie, mon père et ma mère avaient parlé de mon « potentiel ». Mais je savais que ce n'était rien d'autre qu'un mot qu'utilisaient les parents pour se réconforter lorsque leur enfant était en échec. *Or, je suis un échec et tout le monde le sait !*

— Pourquoi m'aidez-vous ? demandai-je.

— Parce que tu as été lésée, petite déesse.

— *Déesse ?*

— Mange la graine de grenade, Perséphone. Tu verras.

Le jardin autour de moi s'évanouit et je me réveillai en sursaut. Comme le dernier, ce rêve n'était pas ordinaire. *C'était très beau*, pensai-je en regardant le plafond de pierre couvert d'étoiles et en essayant de me souvenir de l'échange que j'avais eu avec la *voix*.

Était-ce celle d'Hadès ? Je ne le pensais pas. La voix ne lui ressemblait en rien, et je ne pouvais pas l'imaginer créer un jardin comme celui-là. *Zeus ?* Non... Zeus me détestait. Il ne serait pas si gentil avec moi. Mais alors, *qui était-ce ?*

Je me réveillai tôt le lendemain matin et je pris un long bain. Mes muscles étaient tendus, et l'eau chaude me faisait du bien. Après avoir parcouru mon immense garde-robe et réussi à choisir une tenue, je l'enfilai à l'abri du regard de Skop. Puis je m'installai à ma coiffeuse et tentai de réaliser l'une des coiffures qu'Hédoné m'avait apprises. Je voulais qu'elle soit impressionnée lorsqu'elle me verrait.

— Que crois-tu qu'il se passerait si je mangeais la graine de grenade que j'ai gagnée ? demandai-je à Skop.

— *Pourquoi ferais-tu une chose pareille, après t'être donné tant de mal pour la gagner ?*

— Contente-toi de répondre à ma question.

— *Je ne sais pas, mais je doute qu'un arbre te pousse dans le cul, si c'est ce à quoi tu t'attends !*

Je secouai la tête en levant les yeux au ciel, mais incapable de réprimer mon sourire.

— Merci pour cette réponse très utile, dis-je d'un ton sarcastique.

— *Peut-être que si tu en gagnais une autre, tu pourrais le découvrir, mais tu n'en as qu'une pour le moment...*

Il n'avait pas tort...

— *Qu'est-ce qui t'a donné l'idée de la manger ?*

— Dans mon monde, nous les mangeons, mentis-je.

— *Vous mangez des graines ? Vous, les humains, vous êtes quand même très bizarres !*

— Comment se fait-il que les dieux restent ici, dans l'Olympe, et ne fassent rien dans mon monde ?

— *Je n'en sais rien du tout ! Tu sais, moi, je ne m'occupe pas des Dieux. Je m'occupe de mon cul, c'est déjà pas mal !*

— Et ça consiste en quoi ? lui demandai-je en haussant les sourcils, enroulant autour de mon doigt une mèche de cheveux blancs.

— *Baiser, principalement,* me répondit-il fièrement en remuant la queue.

— J'aurais dû deviner, soupirai-je. Comment peux-tu être en même temps si mignon et si dégoûtant ?

— *Il n'y a rien de dégoûtant dans le sexe. Si c'est ce que tu penses, c'est que tu n'es pas tombée sur les bons partenaires...*

— Je te propose de changer de conversation ! fis-je d'un air dégoûté en me détournant de lui.

En réalité, je ne savais pas si j'aurais été aussi loin sur le pont s'il n'avait pas été là. Je commençais à l'aimer, ce petit kobalos libidineux.

Hédoné arriva peu de temps après et, à mon grand plaisir, elle fut très impressionnée par mes efforts de coiffure et de maquillage. Elle m'emmena dans une grande salle à manger, de style typiquement grec, avec des colonnes cannelées partout et de hauts plafonds lumineux. Une longue table de vingt personnes courait au centre de la pièce ; nous nous y installâmes et elle m'apprit la manière d'utiliser les couteaux, les fourchettes, les cuillères, et des petits bols. J'avais l'impression d'être Julia Roberts dans *Pretty Woman*. J'essayai de le lui dire mais, de toute évidence, le film était inconnu des Olympiens, et elle se contenta de me sourire poliment, ne comprenant visiblement rien à ce que je racontais. Je réalisai alors à quel point ma vie d'avant me manquait, mais je fis de mon mieux pour dissimuler mon mal du pays et me concentrer sur ce qu'elle m'enseignait.

Finalement, à l'heure du déjeuner, elle me laissa, m'annonçant qu'elle serait de retour dans quelques heures.

— Et j'emmène Morphée avec moi. Il dit qu'il connaît un endroit dont il pense que tu devrais l'aimer.

— C'est gentil... Et pour le déjeuner, que dois-je faire ? J'espère que je ne vais pas être jetée dans les bras d'un Hadès qui n'a aucune envie de me voir ? plaisantai-je maladroitement.

— Non, mais ta présence a été demandée par quelqu'un d'autre.

Elle m'adressa un sourire inquiet.

— Qui ?

— Zeus.

SEIZE

Je décroisai et recroisai mes jambes sous la table, regardant autour de moi, au moins pour la centième fois, l'opulence ridicule. Dès qu'Hédoné cessa de parler, la fameuse lumière blanche que je détestais me transporta dans cette grande salle à manger. En fait, ce n'était pas vraiment une « salle à manger ». Il n'y avait ni murs ni plafond, et de superbes nuages aux couleurs pastel flottaient au-dessus et autour de moi. Une brise douce et tempérée caressait mes cheveux, et je fermai les yeux : c'était incroyable. Enfin, j'étais *dehors*. Un vrai extérieur avec de l'air et un ciel qui s'étendait à l'infini.

Le sol était fait du même marbre blanc qui se trouvait presque partout, tout comme les colonnes qui bordaient l'espace circulaire, lesquelles étaient ornées de vignes dorées avec de minuscules petites fleurs blanches qui s'enroulaient autour d'elles. J'avais marché aussi près du bord de la pièce que je l'avais osé, mais ma peur du vide m'empêcha de voir quoi que ce soit : dès que je fus trop près, je fus prise de vertiges et je dus aller m'asseoir à la table. Du café avait été servi, et je pris la tasse fumante devant moi qui dégageait un parfum divin. Je ne résistai pas à en prendre une gorgée, et laissai échapper un léger gémissement. Je n'avais jamais bu un café aussi bon !

— Vous, les humains, et votre café... dit une voix.

C'était Zeus qui, une seconde après, apparut dans le fauteuil en face de moi, sous son apparence de surfeur blond.

Dès que je le vis, la fureur s'empara de moi.

— Bonjour, dis-je d'un ton acerbe. Je voulais justement te parler. Je suis donc ravie que tu m'aies conviée à déjeuner.

Il me sourit et mon cœur s'emballa. Il était aussi beau que je le haïssais. Après tout, c'était lui qui m'avait enlevée, *ce connard !*

— Tant mieux... J'espère que tu t'es remise de ton épreuve d'hier. Quel dommage... J'ai cru comprendre que cela t'avait fait perdre une chambre avec vue, n'est-ce pas ?

Je ne répondis rien, me réfugiant dans ma tasse de café pour éviter de laisser exploser ma colère.

— Que penses-tu de la vue, ici ?

Mes yeux tombèrent sur la table, la honte s'ajoutant à ma colère, et je m'en voulus de me laisser envahir par mes émotions.

— Ah, mais, suis-je bête... C'est vrai que tu ne peux pas t'approcher du bord...

— Comme si tu ne le savais pas déjà ! crachai-je. Tu m'as fait venir ici exprès, pour te moquer de moi !

Je le fixai, le fusillant du regard

— Toi et moi sommes partis du mauvais pied, Perséphone, dit-il doucement.

— Du mauvais pied ? Explique-moi comment nous aurions pu partir du bon pied ? Tu m'as kidnappée !

— Car je croyais alors que tu n'étais qu'une petite

mortelle inutile. Mais je vois maintenant que ce n'est pas le cas. Tu as peut-être perdu tes pouvoirs, mais tu as gardé ton esprit.

Je le dévisageai, confuse.

— Tu dis cela *après* que je n'ai pas réussi à traverser le gouffre ? Je me serais attendue au contraire à ce que cela renforce la mauvaise opinion que tu avais de moi...

— Tu étais terrifiée, c'est vrai, mais tu as quand même essayé. J'admire ça.

Je fronçai les sourcils avec méfiance.

— Laisse-moi te montrer la vue, Perséphone. C'est peut-être la seule fois où tu quitteras le royaume de la Vierge avant un petit moment, et je pense que tu apprécieras la... l'ouverture de mon royaume.

— Votre royaume ? Où sommes-nous ?

— Dans le royaume du Lion. Le royaume céleste de Zeus, le centre de l'Olympe, m'apprit-il en souriant.

Le pouvoir et la force émanaient de lui. En le regardant, ma colère s'évanouit. Je savais, au fond de moi, ce qu'il était en train de faire, mais je me laissai faire.

Nous sommes dans mes appartements personnels, au sommet du mont Olympe. Les habitants de mon royaume vivent dans des maisons qui flottent dans l'anneau de nuages autour de la montagne, ou plus bas, dans la montagne elle-même. Ils se déplacent dans des bateaux en bois avec des voiles alimentées par la lumière.

Je le fixai, fascinée par ce qu'il était en train de me raconter.

— J'imagine que tu as envie de voir ça, non ?

Sa voix était chaleureuse et séduisante, et je devais bien admettre que ce qu'il me décrivait piquait ma curiosité.

— Oui, je veux bien, dis-je en me levant.

Zeus se leva aussi, puis tendit la main vers le bord de la pièce. Du verre surgit de nulle part, s'enroulant autour du sol de marbre et s'étirant vers le haut.

— Tu ne peux pas tomber, je te le promets, m'assura-t-il.

Puis il s'avança à grands pas vers la vitre. Je le suivis avec prudence. À ma grande surprise, je ne ressentis aucun vertige à mesure que je me rapprochais du bord, et je me demandai si Zeus était responsable de cette guérison soudaine, ou si c'était tout simplement parce que je savais que je ne pouvais pas tomber. Dans tous les cas, je m'approchai suffisamment du bord pour voir au-delà.

Et Zeus avait raison. La vue était spectaculaire ! Si j'avais encore eu le moindre doute sur la réalité de tout ce que je vivais, cet instant l'aurait dissipé d'un coup – j'aurais été bien incapable d'inventer ce qui était devant moi.

Au-delà de la pièce circulaire se trouvait une épaisse bande de nuages noirs et menaçants, desquels crépitaient des faisceaux d'électricité violette mais, nichés parmi eux, se trouvaient d'immenses manoirs. Beaucoup avaient des murs entièrement vitrés – sans doute pour permettre aux habitants de voir pleinement la montagne sur laquelle je me trouvais – et tous étaient dotés de petites cours élaborées remplies de verdure. Dans l'espace qui nous séparait des nuages flottaient quatre ou cinq des navires que Zeus avait décrits. Ils étaient à couper le souffle. On aurait dit des navires pirates tels qu'on les voyait dans les films hollywoodiens. Ils étaient de taille et de forme différentes, mais tous avaient des voiles métalliques déployées qui brillaient et scintillaient comme une vague d'or liquide. Je ne quittai pas des yeux celui qui était le plus proche de nous, dans lequel se reflétaient les couleurs des nuages pastel.

— Ils sont magnifiques, soufflai-je.

— Je sais. Et ils sont surtout très pratiques pour se déplacer entre les royaumes. Ma fille Athéna est très douée pour créer des objets à la fois utiles et esthétiques.

— C'est Athéna qui les a créés ?

— Oui. Elle a aussi créé ton monde...

Je posai mon regard sur le sien.

— Athéna a créé les humains ?

Zeus éclata de rire.

— Non, non, non. C'est moi qui les ai créés, avec mon vieil ami Prométhée. Athéna a conçu le monde des mortels, là où se trouve ta ville de New York, que tu as l'air de tant aimer. La dernière fois que les Olympiens se sont battus, elle m'a convaincu que les humains ne devaient pas payer le prix de nos désaccords, et je lui ai permis de créer votre monde pour en mettre y faire vivre la plupart d'entre eux. Un peu comme une expérience...

— Une *expérience* ?

— Oui. Les humains sont plus ingénieux que je ne le pensais. Le dernier lot a réussi à briser la frontière dans notre monde. J'ai donc décidé de tout détruire et ai demandé à Athéna de recommencer. Je me souviens qu'elle était d'ailleurs très contrariée...

J'étais bouche bée.

— Qu'est-ce..., commençai-je, mais il m'interrompit en agitant la main avec dédain.

— J'ai faim ! déclara-t-il.

L'esprit encore sous le choc de ce qu'il venait de m'apprendre, je le suivis machinalement jusqu'à la table. *Tout mon monde avait été détruit puis créé de nouveau ?*

· · ·

— Je sens que tu n'as pas une très haute opinion des humains, dis-je en m'asseyant.

— Ils ont leur utilité. Et nous avons beaucoup de demi-dieux à moitié humains, ici, dans l'Olympe. Nous leur avons même inventé des écoles spéciales pour leur permettre d'apprendre à utiliser leurs pouvoirs.

— Cela veut dire que les humains peuvent vivre dans l'Olympe ?

— Seulement s'ils sont nés ici. Ce qui est le cas pour beaucoup d'entre eux.

Il fit une grimace trahissant son agacement, et claqua des doigts. Une abondance de fruits apparut alors instantanément sur la table, tous disposés dans des plats en argent tellement brillants qu'on aurait dit des miroirs.

— Donc, même si je gagnais ces épreuves, je ne pourrais toujours pas vivre ici ?

— Si tu gagnais, tu serais réintégrée en tant que...

Il sembla hésiter à poursuivre, posant les yeux sur moi tandis qu'il attrapait un plateau avec des morceaux de pastèque.

— ... Une déesse ? demandai-je en repensant à ce que la voix dans le jardin m'avait dit la nuit dernière.

— Hécate te l'a dit ?

Je ne répondis rien, et Zeus haussa les épaules. *C'est donc vrai. Je suis une déesse !* Un frisson me parcourut et je fis de mon mieux pour rester impassible.

— De toute façon, que tu le saches n'a pas d'importance. Le fait est que j'ai changé ma façon de penser initiale.

Je le regardai en arquant un sourcil, prenant le bol de raisin qui était devant moi.

— Zeus, le roi des dieux, admet qu'il s'est trompé ? dis-je avec prudence et un léger sourire.

Il rit – d'un rire joyeux qui me réchauffa le cœur et me fit me sentir en sécurité.

— Non. Mais tous les êtres, grands et petits, ont la capacité de changer d'avis.

— C'est-à-dire ?

— C'est-à-dire que je veux que tu gagnes.

— Je ne comprends plus rien ! dis-je, complètement perdue. Tu m'as amenée ici pour contrarier Hadès, n'est-ce pas ? Car tu savais qu'il ne voulait pas de ma présence ici. Quand tu m'as enlevée, ajoutai-je en le regardant droit dans les yeux, qu'espérais-tu accomplir exactement ?

— Honnêtement, je n'y ai pas vraiment réfléchi, répondit-il avec un haussement d'épaules et une lueur de malice dans les yeux. Pour tout te dire, je ne m'attendais même pas à te trouver.

Je soupirai en me frottant le front.

— Où est Skop ? m'exclamai-je, réalisant soudainement que mon garde kobalos n'était pas à mes côtés.

— Je me suis dit que sa présence n'était pas nécessaire durant notre déjeuner...

Immédiatement, je fus sur mes gardes.

— Pourquoi m'a-t-on attribué un garde si tu peux le renvoyer à ta guise ?

— Je suis le roi des dieux. Les toutous de Dionysos font ce que je leur dis de faire.

L'arrogance et l'agacement étaient écrits sur son visage alors qu'il commençait à manger les fruits qu'il avait mis dans son assiette. Nous mangeâmes en silence, et j'en profitai pour réfléchir. Jusqu'à présent, il avait été plus franc dans ses réponses que je ne l'avais prévu. Je devais donc profiter de cette occasion pour obtenir de lui le plus d'informations possible. Mais je devais rester prudente. Si ma colère vis-à-vis de lui avait disparu, je me méfiais toujours de lui. Malgré ses pouvoirs de séduction, il n'avait pas réussi à gagner totalement ma confiance.

— Donc, si je gagne, je récupérerai mes pouvoirs ?

Il acquiesça d'un signe de tête.

— J'ai l'impression que Poséidon n'était pas mon plus grand fan. Va-t-il s'y opposer ?

— Pffff ! Poséidon est un vieil homme prudent, qui se fait trop de soucis. Et les actions illégales d'Hadès lui ont également causé des problèmes. Ignore-le.

— Pourquoi pense-t-il que je suis dangereuse ?

Zeus me regarda et les fruits disparurent soudainement, laissant place à des montagnes de pâtisseries au parfum alléchant. Il en attrapa une, recouverte d'un glaçage au chocolat brillant.

— Tu sais que je ne vais pas répondre à cette question, sourit-il.

Je pris à mon tour un beignet, recouvert de sucre en poudre, et mordis dedans. Son goût était encore meilleur que son parfum. Je fermai les yeux avec délice.

— J'aime te regarder manger, dit Zeus.

Je rouvris les yeux et les posai sur les siens. Une énergie s'échappa de lui et s'infiltra dans mon corps, faisant naître en moi un sentiment de vie et de force, comme les étincelles violettes dans ses yeux.

— Il n'y a rien de plus magnifique que de voir une femme aussi belle que toi profiter de ses sens.

Sa voix était basse et rauque, et la chaleur inondait mon cœur.

Il t'a enlevée ! C'est un dieu ! Tu ne ressens pas vraiment tout ça ! me cria la voix dans ma tête et je me forçai à l'écouter.

— Existe-t-il un moyen de récupérer mes pouvoirs ? lâchai-je.

— Non, dit-il simplement.

— S'il te plaît... J'aurais de meilleures chances de gagner.

En prononçant ces mots, je me demandai pourquoi je tenais tant à gagner. Je ne voulais pas gagner. Je voulais rentrer chez moi, dans mon monde !

— Non.

Frustrée, je laissai échapper un petit râle, et Zeus me sourit.

— Tu es très, très belle...

— Peux-tu au moins me dire quels étaient mes pouvoirs ? demandai-je, faisant de mon mieux pour ignorer ses commentaires et mon propre trouble.

— Non. Je crois que je préfère te voir accumuler ta frustration. En fait, j'aimerais beaucoup te voir... exploser, dit-il lentement. Je suis sûr que ce doit être...

Chaque muscle de mon corps se contracta.

— ... très agréable, ajouta-t-il.

— Renvoie-moi, dis-je rapidement. Je veux retourner dans ma chambre. Maintenant.

Il s'allongea sur sa chaise, et un sourire paresseux s'afficha sur son beau visage.

— Très bien. Je te remercie de m'avoir fait le plaisir de ta compagnie. Nous nous reverrons bientôt.

Aussitôt, la lumière blanche apparut et me transporta.

DIX-SEPT

Alors que j'étais en sécurité, je ne pus m'empêcher d'avoir la sensation que je venais de perdre la partie. J'étais furieuse qu'il ait pu manipuler mon corps de cette manière. Heureusement, mon esprit était plus difficile à amadouer.

— *Tu sais, il se prend pour quelqu'un de très important, mais il n'est rien ! C'est pour ça qu'il est si énervé en ce moment,* aboya Skop.

Il n'était vraiment pas content d'avoir été laissé pour compte. Je fus même surprise qu'il prenne ses fonctions de garde tellement au sérieux...

— Que veux-tu dire ?

— *Océanos est de retour. Zeus n'est donc plus l'être le plus fort de l'Olympe,* dit-il d'un ton félin.

— Océanos est plus fort que Zeus ? Comment ça, il est de retour ? Il était où ?

— *Par tous les dieux, tu ne sais vraiment rien !* soupira-t-il, s'affalant sur ses pattes avant. *Les Olympiens étaient en guerre contre les Titans,* m'apprit-il.

Je hochai la tête.

— C'est vrai... Je me souviens d'avoir appris ça, maintenant que tu le dis. On a dit à Cronos que l'un de ses fils le renverserait, et il a donc mangé tous ses enfants...

— *Exactement. Tu parles d'un cinglé ! Mais sa femme, Rhéa, a caché son septième fils, Zeus. Celui-ci a grandi, a sauvé ses frères et sœurs mangés, puis la guerre a éclaté.*

J'ouvris la bouche pour demander comment des enfants mangés pouvaient être « sauvés », mais je m'abstins. Je n'étais finalement pas certaine de vouloir connaître la réponse.

— *Les Olympiens ont gagné et ont jeté la plupart des Titans dans le Tartare, un gouffre de torture sans fin. Mais certains Titans ne se sont pas battus, notamment Océanos et Prométhée. Deux des êtres les plus puissants qui n'aient jamais existé. Les Titans sont les dieux originels, ils sont plus forts que tout.*

— Oh...

— *Les Titans qui ne se sont pas battus ont été autorisés à vivre dans l'Olympe, à condition qu'ils restent entre eux. Ce qu'ils ont fait. Mais tout le monde savait que Zeus les craignait et les détestait. On les a vus de moins en moins, jusqu'à ce qu'ils finissent par disparaître complètement. Jusqu'à récemment, lorsque Océanos est revenu.*

— Pourquoi est-il revenu ?

— *Un de ses descendants est allé le réveiller, c'est en tout cas ce qu'on m'a dit... Mais il était très ami avec Hadès, à l'époque, et ils le sont très vite redevenus.*

— C'est pour ça que Zeus est si en colère ? Il a peur ?

— *Je n'oserais jamais le lui dire en face, mais oui, c'est ce que je pense.*

— Comment est-ce que tu sais tout ça ?

— *Grâce aux soirées. Faire la fiesta est le meilleur moyen d'apprendre toutes ces choses... C'est là que sont traités tous les sujets politiques de l'Olympe.*

— Hédoné m'a dit que le bal allait être une épreuve encore plus difficile que le combat.

— *Elle a raison. En plus d'être super bonne,* déclara Skop.

Je levai les yeux au ciel, même si j'étais d'accord avec lui.

— Le bal masqué ne peut pas être aussi dangereux que le gouffre, affirmai-je à haute voix.

— *À ta place, je n'en serais pas si sûr,* répondit Skop.

Seule dans ma chambre, je m'ennuyai et ressentis une sorte d'anxiété. Le déjeuner dans le royaume de Zeus m'avait rappelé que j'étais piégée dans ce sous-terrain, ce qui m'ennuyait de plus en plus.

On frappa à ma porte et je bondis de mon lit pour aller ouvrir.

— Bonjour, Perséphone ! me lança Hédoné.

Il y avait derrière elle un homme à la carrure massive. Il devait mesurer au moins deux mètres et demi, et avait une épaisse touffe de cheveux blancs, assortis à ses sourcils. Ses yeux d'un bleu étincelant étaient de la même couleur que sa peau qui était d'un bleu très pâle. De la poussière de diamant semblait tournoyer sur son visage tandis qu'il m'adressa un large sourire, aussi lumineux que son regard. Il portait quelque chose qui ressemblait à une robe de sorcier, avec des manches très larges.

— Ravi de faire ta connaissance, Perséphone. Je suis Morphée, dieu des rêves et résident permanent des enfers, dit-il en passant son bras autour d'Hédoné.

— Bonjour, dis-je en serrant la main qu'il me tendit.

Sa peau était glacée et lisse, et je remarquai qu'il avait des tatouages sur son avant-bras musclé.

— La charmante Hédoné m'a dit que ton jardin te manquait.

Aussitôt, je fis le lien avec la voix qui me parlait dans mes rêves. Il venait de me dire qu'il était le dieu des rêves, et il savait que les jardins me manquaient. Peut-être que la voix était la sienne ?

— C'est vrai, confirmai-je.

— Eh bien, je n'ai pas demandé la permission au patron, mais je pense que je connais un endroit qui devrait te plaire, m'annonça-t-il avec un autre large sourire.

Sa voix ne ressemblait en rien à celle de mes rêves.

— J'aimerais beaucoup le voir ! répondis-je. Mais est-ce qu'on pourrait s'y rendre en marchant plutôt que cette méthode tape-à-l'œil qui me donne mal au cœur ?

Il éclata de rire. Sa peau semblait briller encore davantage.

— Bien sûr !

J'eus l'impression que le trajet dura des siècles, et je demandai à Skop de faire attention au chemin que nous prenions. L'idée d'être perdue dans ce labyrinthe souterrain m'était insupportable. Hédoné tenait la main de Morphée, et tous deux échangeaient fréquemment des regards complices.

— Vous êtes en.... Couple ? osai-je demander.

— Oui ! me dit Hédoné avec un sourire radieux.

Un instant, j'imaginai à quoi pouvait ressembler l'union entre la déesse du plaisir et le dieu des rêves. Ce devait être intense sur le plan charnel...

— Morphée, tu contrôles les rêves de tout le monde ?

— Non, non ! En fait, je crée des thèmes pour les rêves des gens, et je les distribue selon les besoins.

— Des *thèmes* ?

— Oui. Comme la peur, l'introspection, la culpabilité, ou encore l'humour. Chaque individu interprète ces thèmes différemment, dans son sommeil. Le subconscient est une chose puissante, et je m'en sers beaucoup dans mon travail.

— Peux-tu... peux-tu parler aux gens dans leurs rêves ?

— Bien sûr ! Mais je ne peux le faire que sur ordre d'Hadès.

— Oh... Hadès a ce pouvoir-là, lui aussi ?

— Tous les Olympiens l'ont. Ils peuvent faire à peu près tout ce qu'ils veulent. Pourquoi, quelqu'un te parle dans ton sommeil ? me demanda-t-il en arquant un sourcil.

— Non, non, je suis sûre que c'est juste le fruit de mon imagination débordante, mentis-je.

— Eh bien, je n'y suis pour rien. Sois-en sûre ! me dit-il avec un grand sourire.

— Okay... Comptes-tu assister au bal ?

— Bien sûr ! Tu te sens prête ? J'ai entendu dire que les tests allaient être bons, déclara-t-il.

— Qu'as-tu entendu ? s'enquit Hédoné avec excitation. Dis-nous !

— Je ne peux pas ! Ce serait de la triche et, surtout, je pourrais perdre mon travail, dit-il d'un ton taquin en se penchant pour l'embrasser rapidement. Désolé, mon amour !

Je ressentis une pointe de jalousie en les voyant si heureux, mais je la chassai rapidement, me sentant coupable. Hédoné était tellement gentille, comment pouvais-je lui reprocher quoi que ce soit ?

— Perséphone doit encore voir quelques petites choses, principalement concernant l'art de la conversation, mais elle est presque prête. Je suis sûre qu'elle s'en sortira très bien..., lui dit Hédoné.

Je lui souris chaleureusement.

— De toute façon, pour être honnête, je ne vois pas comment cela peut être pire que l'épreuve du gouffre..., lançai-je avec un petit rire.

Ni Hédoné ni Morphée ne répondirent. Ce bal commençait sérieusement à m'inquiéter...

— *Je te l'avais dit !* intervint Skop dans ma tête.

Nous restâmes silencieux tout le reste du temps. Le chemin était en pente, avec parfois de petites marches dans les couloirs éclairés par la lumière bleue des torches accrochées au mur à intervalles réguliers. Nous franchîmes au moins une centaine de portes, jusqu'à ce que finalement nous nous arrêtions devant l'une d'entre elles.

— À ma connaissance, cette pièce n'est plus utilisée, dit Morphée. Mais Hadès l'utilisait beaucoup avant, et il y règne encore une sorte de magie qui a permis à certaines plantes de survivre bien que personne ne s'en occupe plus.

— Des plantes ? m'exclamai-je, mon cœur bondissant dans ma poitrine à l'idée de revoir des plantes.

— Quelques-unes, oui. Nous appelons cet endroit « le conservatoire », me répondit Morphée.

Puis il ouvrit la porte et me fit signe de passer devant lui. J'hésitai un bref instant, puis entrai.

En découvrant la pièce abandonnée, ce fut comme si quelque chose reprenait vie en moi. Cela ressemblait exactement à l'idée que je me faisais d'un conservatoire, à part le fait qu'on aurait dit que personne n'y avait mis les pieds depuis cinquante ans. Les murs et le plafond en forme de dôme étaient en verre – sans doute pour laisser entrer la lumière terne – et reposait sur une magnifique structure en fer forgé qui, autrefois, avait dû être blanche. Mais mon attention fut immédiatement attirée par la seule couleur que je n'avais que rarement vue depuis mon arrivée dans le monde des Enfers. Ma couleur préférée : le *vert*. Environ cinq ou six mètres devant moi se trouvait un yucca géant. Ses longues feuilles tentaculaires semblaient fatiguées, mais il était néanmoins toujours vivant. Je fis quelques pas à la recherche d'autres signes de vie. Je finis par trouver deux autres yuccas, quelques plantes grasses plantées directement dans le sol séché, et – pour mon plus grand bonheur –, collée contre la vitre et légèrement tournée vers le peu de soleil qu'il y avait à l'extérieur : une orchidée.

— Comment as-tu fait pour survivre ? lui murmurai-je en m'accroupissant pour l'observer de près.

— Ça n'a rien à voir avec la terre, je t'assure, dit une voix rauque.

Je me levai d'un bond, l'estomac noué.

— Hadès ! s'exclama Morphée, visiblement aussi surpris que moi.

Je me retournai et découvris Morphée se précipiter vers moi, un nuage de poussière de diamant flottant autour de lui.

— Je suis désolé, patron, je ne savais pas que vous seriez là !

Il parlait rapidement, sa douceur et son sourire ayant totalement disparu.

— Qu'est-ce que vous faites ici ? tonna Hadès.

Ma peau se couvrit de frissons, comme si un vent glacial glissait sur moi.

— Perséphone avait la nostalgie de ses plantes. J'ai pensé que cet endroit pourrait lui remonter le moral.

Hadès était sous la forme d'un humain, mais son visage était toujours dépourvu de traits. Il resta silencieux, et je cherchai Hédoné du regard. Elle n'était nulle part.

— Depuis quand es-tu ami de cette humaine, Morphée ? demanda finalement Hadès.

Morphée baissa les yeux sur le sol poussiéreux.

— Je voulais juste faire une faveur à quelqu'un. Je ne pensais pas à mal. Je suis désolé, patron.

— Va-t'en ! lui ordonna Hadès.

Morphée se retourna et je me précipitai vers lui, essayant de contourner Hadès en restant le plus éloignée possible.

— Pas toi, Perséphone !

En l'entendant prononcer mon prénom, je me figeai, traversée par la peur mais également un autre sentiment que je fus incapable d'identifier. Morphée me jeta un regard d'excuse par-dessus son épaule, puis disparut par la porte ouverte. Je déglutis et levai les yeux vers Hadès.

— On m'a rapporté que tu avais déjeuné avec mon petit frère, dit Hadès.

Je sentais que la situation était délicate.

— Je n'ai pas eu le choix, plaidai-je.

Il ne répondit pas tout de suite et le silence s'abattit sur nous comme du plomb.

— Est-ce que ça t'a plu ?

Je lui jetai un regard surpris, les sourcils levés. Non seulement ce n'était pas la question à laquelle je m'attendais, mais le ton de sa voix avait changé. Il semblait presque nerveux.

— C'était agréable de sentir la brise sur ma peau, admis-je. Mais je n'apprécie pas beaucoup Zeus. Donc non.

À mon grand étonnement, Hadès ricana.

— Je te comprends. Je ne l'apprécie pas beaucoup non plus...

— C'est en effet ce qu'on m'a dit, dis-je prudemment.

— Je...

Il marqua une pause, et j'eus le sentiment qu'il était presque ému.

— Je n'aurais jamais pensé te revoir dans cette pièce, dit-il finalement d'un ton à la fois calme, riche et profond.

Son comportement était totalement différent de celui qu'il avait adopté lors de notre dernière conversation. Qu'est-ce qui avait changé ? J'essayai de trouver une réponse à cette question, oscillant entre soupçon et – sans que je sache pourquoi – espoir.

— Cela ne me surprend pas que je sois déjà venue ici, murmurai-je. Je ressens quelque chose de fort dans cette pièce. Mais peut-être est-ce tout simplement la joie de voir quelque chose pousser ?

Hadès ricana.

— Je ne dirais pas *pousser*, mais plutôt *mourir* ! Je mets toute mon énergie à maintenir cette fichue fleur en vie, marmonna-t-il en désignant l'orchidée. Les autres vivent grâce à la magie qui reste, je pense.

Il gardait l'orchidée en vie ? J'avais du mal à croire une chose pareille.

— En tout cas, elle est magnifique, dis-je prudemment, reculant vers l'orchidée.

J'étais sincère. C'était un *sabot de Vénus*, ronde et sensuelle. Elle était d'un violet vif, avec des notes de jaune qui adoucissaient les pétales.

— C'est toi qui l'as plantée.

Sa voix était à peine audible mais ses mots résonnèrent en moi avec une force inouïe. Pendant une seconde, ce fut si fort que j'en eus le souffle coupé. C'était comme si je désirais intensément être quelque part, sans savoir où.

Mais le sentiment s'estompa rapidement, laissant place à la sensation écrasante d'être piégée. Pas ici, dans le monde souterrain, mais dans endroit encore plus profond et infiniment plus douloureux. Je me sentis comme coupée de mes propres émotions, soudain convaincue que j'étais tenue à l'écart de quelque chose d'important qui m'échappait pourtant. Était-ce *lui* ?

— Pourquoi m'as-tu renvoyée ? Que s'est-il passé entre nous ? demandai-je rapidement. Ça me tue de ne pas savoir !

Je l'implorai du regard, essayant d'apercevoir ses yeux argentés dans la fumée noire.

— Rien ne s'est passé entre nous, répondit-il d'un air triste. Et si tu es partie, c'est en raison de circonstances indépendantes de ma volonté.

Il ne me déteste pas ! Le soulagement et le bonheur me submergèrent, en même temps que ma raison me criait de ne pas me laisser berner. *Qu'est-ce que ça peut te faire ? Tu ne connais pas cet homme. Et puis, non seulement il est fait de fumée, mais c'est en plus le roi des morts !* Mais j'avais beau me le dire, cela n'y changeait rien. Lorsque je n'étais pas près d'Hadès, l'idée d'avoir été un jour avec lui m'était intolérable. Mais quand j'étais près de lui...

— Hadès, j'ai besoin de savoir ce qui s'est passé. S'il te plaît, rends-moi mes souvenirs.

— Je ne peux pas. Ce ne serait pas prudent...

Je n'en pouvais plus ! Je serrai les poings, exaspérée.

— Mais, si ça peut t'aider, j'arrêterai de te compliquer la vie, dit-il doucement.

Je le regardai les yeux écarquillés. Je ne savais même pas qu'il était capable de parler doucement.

— Comment ?

— Eh bien, pour commencer, je suis désolé de m'être montré agressif envers toi la dernière fois. Hécate m'a mis au pied du mur, et je n'étais pas préparé à te voir seul. Généralement, je contrôle parfaitement mes émotions, mais tu es...

Il s'interrompit et je retins ma respiration.

— ... Tu es la seule chose qui peut me faire de la peine. Et mon connard de frère le savait parfaitement, finit-il par avouer.

— De la peine ? Je suis désolée, murmurai-je.

Je l'étais sincèrement, même si je ne savais pas pourquoi.

— Non, c'est moi qui suis désolé. Tu n'as pas choisi de vivre tout cela. Tout est ma faute. Et, pour me faire pardonner, je voudrais t'accorder cette chambre.

— Vraiment ?

— Oui. Tu y resteras jusqu'à ce que tu rentres chez toi, après avoir perdu toutes les épreuves. Car tu ne dois pas rester ici ; c'est très important que tu le comprennes.

Ses mots me piquèrent, et je parlai avant de réfléchir.

— Si ce que tu dis est vrai, pourquoi ne souhaites-tu pas que je redevienne ta femme ?

Prononcer le mot « femme » à voix haute me fit bizarre, et je le regrettai immédiatement.

— Perséphone, s'il te plaît. Je ne peux pas répondre à cette question.

Il semblait tendu, et je me sentis coupable de le

pousser dans ses retranchements alors qu'il faisait clairement un effort.

— D'accord, marmonnai-je.

— Bon. En attendant, occupe-toi de cette putain de fleur pour moi pour que je n'aie plus à le faire !

Je ne pus m'empêcher de sourire à sa familiarité nouvelle.

— Pourquoi es-tu soudainement gentil avec moi ?

Il soupira, la fumée ondulant au niveau de son visage.

— Te voir ici, dans cette pièce... Comment pourrais-je ne pas l'être ? Et si tu dois n'être ici que pour un certain temps, autant en profiter.

— Merci, Hadès. Vraiment...

D'un coup, son corps prit forme. En le découvrant pour la première fois, j'eus l'impression d'être dans un roman à l'eau de rose. Mon cœur se mit à battre la chamade et mes jambes devinrent du coton.

Il était *plus* que beau. Son regard argenté était profond, et l'émotion qui s'en dégageait s'inscrivait sur l'ensemble de son visage. Il avait des cheveux d'un noir de jais qui s'enroulaient autour de ses oreilles, et une fine barbe de plusieurs jours recouvrait son menton et sa mâchoire, mettant en valeur ses lèvres douces et charnues, légèrement entrouvertes. Quant à son corps, je n'avais jamais rien vu d'aussi beau. Ses larges épaules étaient moulées dans une chemise noire légèrement ouverte sur sa poitrine, visiblement poilue, et une ceinture en cuir épais était glissée dans son jean marine déchiré.

Je n'avais pas d'idée précise sur son apparence, avant de le voir mais, par tous les dieux ! – comme disait Skop – je n'aurais jamais imaginé ça !

— Je suis désolé, dit-il doucement. J'ai du mal à me contrôler quand je suis près de toi.

Je gardai les yeux rivés sur ses lèvres.

— S'il te plaît..., l'implorai-je d'une voix faible. S'il te plaît, reste comme ça. Ne redeviens pas fumée !

— Non. Je dois y aller.

— Attends ! m'exclamai-je.

Mon cœur battait si vite que j'avais du mal à parler.

— Est-ce que tu m'as parlé ? Dans ma tête, je veux dire...

La fumée vacilla.

— Je veux que tu perdes les épreuves, mais je ne veux pas que tu meures, finit-il par répondre.

— Ça veut dire oui ?

— Au revoir, Perséphone. Profite du conservatoire !

La fumée disparut.

DIX-HUIT

Je restai là, fixant l'endroit où Hadès se tenait avant de disparaître. J'étais assaillie par une foule d'émotions différentes. L'impression d'être séparée de quelque chose d'important devenait de plus en plus forte. Même si Athéna m'avait recommandé le contraire, je ne pouvais pas ignorer mon passé... Surtout alors que, visiblement, j'étais complètement dedans. Je regrettai presque d'avoir vu Hadès car, maintenant que je connaissais son apparence, il ne quitterait plus jamais mon esprit. Ses pommettes saillantes, ses lèvres sensuelles, sa poitrine musclée... Tous les autres hommes que j'avais rencontrés avant lui faisaient désormais pâle figure à côté de lui. C'était plus qu'une simple attirance physique. Je savais que je l'avais connu. Je connaissais cet humour désinvolte, cette voix riche.

Il a gardé l'orchidée en vie pour moi. C'est tout ce qu'il lui restait de moi.

Je savais ce que signifiait la fleur. Cette pièce. Lui aussi le savait. *Il m'aimait toujours.* Mais, dans ce cas, pourquoi voulait-il que je perde ? Puisqu'il avait une chance d'être avec la femme qu'il aurait aimé ne jamais quitter, pourquoi ne la saisissait-il pas ? Que s'était-il passé ? Pourquoi avais-je été obligée de partir ?

Je supportais de moins en moins de ne pas avoir de réponse à ces questions.

De toute façon, il avait raison. Je ne pourrais pas vivre ici. Jamais je n'aurais supporté de vivre sous terre, dans un endroit sans véritable extérieur, et dont le seul jardin était dans un conservatoire. Je ne voulais pas être liée à un homme dont le royaume était celui de la mort. Je ne voulais pas vivre dans un monde sans fenêtres ! Même s'il était beau, même si je me sentais attirée par lui, même si je savais que j'avais vécu ici, je n'appartenais plus à ce monde.

Hadès avait raison. Je devrais essayer de profiter au mieux du temps qu'il me restait ici car, bientôt, je n'en ferais plus partie. Je parcourus la pièce du regard à la recherche d'une truelle. Je repérai une pile d'outils empilés contre l'un des murs en verre ; j'allai y fouiller et trouvai un robinet rouillé au bout d'un tuyau de cuivre usé à moitié enterré. Parfait. J'avais tout ce dont j'avais besoin pour me plonger dans quelques heures de jardinage, et essayer d'oublier cette situation complètement folle.

Skop essaya de me parler plusieurs fois pendant que je travaillais, mais je ne lui répondis que vaguement. En peu de temps, j'avais réussi à ne plus penser à rien d'autre qu'à la terre, et les heures passèrent dans une sérénité absolue.

Trop tôt, Hécate entra dans la pièce, me disant qu'il était temps de s'entraîner. À contrecœur, je quittai le conservatoire avec elle, l'écoutant à moitié lorsqu'elle me réprimanda pour avoir « salopé » mes vêtements qui étaient couverts de terre. En fait, j'essayais surtout de chasser le visage d'Hadès de mon esprit.

~

— J'ai vu Hadès aujourd'hui, finis-je par lui dire alors que nous étions en train de manger dans ma chambre, après une heure épuisante d'entraînement au combat.

— Non ?

— Mais je veux dire : je l'ai vraiment vu. Il n'était plus fumée, c'était un homme.

— Non ? répéta-t-elle, médusée.

La surprise passée, elle se renfrogna.

— Je savais qu'il finirait par commettre une erreur s'il passait trop de temps avec toi, maugréa-t-elle.

— C'était vraiment lui ?

— Non, si un dieu se montrait à toi tel qu'il est vraiment, tu mourrais, car tu es humaine. C'est la version de lui non létale que tu as vue.

— Ah... Et à quoi ressemble-t-il réellement ?

— Comment te dire...

Elle réfléchit un instant.

— Je dirais qu'il est éblouissant. Mais aussi assez terrifiant.

— Et toi, est-ce que tu le vois sous forme de fumée ou sous sa forme...

Je m'arrêtai, essayant de trouver une manière de désigner Hadès lorsqu'il n'était plus fumée.

— ...Sexy ? proposa Hécate.

— Voilà ! validai-je.

— Je vois le Hadès sexy. Tous ceux qui vivent ou travaillent dans le monde souterrain le voient ainsi. Mais le royaume de la Vierge est l'un des quatre royaumes interdits. Hadès est de loin le plus secret et le plus solitaire des dieux.

— Dans ce cas, j'imagine qu'il n'apprécie pas l'organisation de ces Épreuves publiques ?

— En effet. Les dieux ont organisé une compétition pour l'immortalité il y a quelque temps, et chaque dieu devait organiser une épreuve. Hadès a essayé de refuser d'en organiser une ici, dans son royaume, mais Zeus l'y a obligé. Et si tu veux mon avis, je pense que c'est pour ça que Zeus organise les Épreuves d'Hadès ici. Car il sait qu'Hadès n'aime pas ça. C'est une manière diplomatique de l'emmerder...

— Zeus est vraiment un connard, sifflai-je.

— Je ne te le fais pas dire...

— Pourquoi déteste-t-il autant Hadès ?

— C'est une question à laquelle il serait long et difficile de répondre. Surtout, je pense qu'Hadès est le mieux placé pour te donner cette réponse.

— Dans ce cas, tu devrais peut-être nous organiser un autre rendez-vous en tête-à-tête...

Je faisais mine de plaisanter, mais j'espérais qu'elle serait d'accord avec moi. J'avais hâte de revoir Hadès, même si je savais que je ne devais pas.

— Pas question, le bal est demain soir, et tu as besoin de préparation et de concentration.

— Okay, soupirai-je.

— Hédoné a fait confectionner une robe et un masque spécialement pour toi. Tu les auras demain.

— Très bien.

— Et veille à prendre ton poignard. C'est la seule arme que tu as et qui fonctionnera contre les dieux. Souviens-toi de ça !

— Pourquoi devrais-je me battre contre un dieu ? lui demandai-je, inquiète.

— Persy, tu n'as toujours pas compris ? Tu dois être toujours prête !

~

Je passai une nuit agitée. Surtout, pour la première fois, je ne rêvai pas du beau jardin avec la fontaine d'Atlas. Je le regrettai car la sérénité apaisante qui y régnait était exactement ce dont j'avais besoin, même si je ne savais pas *qui* m'y emmenait. La lumière du jour produite par le plafond m'indiqua qu'il était temps de me lever ; les trois ou quatre dernières fois où je m'étais réveillée, il était encore couvert d'étoiles scintillantes.

Je soupirai en m'extrayant du lit.

— *Alors, quel est le programme d'aujourd'hui ?* demanda Skop en bâillant.

— Finaliser le buffet pour le bal de ce soir, et un cours sur l'étiquette olympienne : comment saluer et converser. Un cauchemar, quoi ! lui dis-je avec un air renfrogné.

Si j'avais pu avoir le dernier mot, ça aurait été hamburger pour tout le monde, et bise amicale à chaque nouveau convive mais, visiblement, cela n'était pas assez bien pour la reine des Enfers.

— Je déteste cet endroit, maugréai-je en titubant jusqu'à la salle de bain où je fis immédiatement couler l'eau de la douche.

— *Il y a pire... Tu sais, je me disais que tu devrais donner un nom au poignard qu'Hécate a fait pour toi.*

Je lui jetai un coup d'œil depuis la porte de la salle de bain avant de la fermer et d'enlever la longue chemise de nuit en soie dans laquelle j'avais dormi.

— Pourquoi ? lui demandai-je mentalement en entrant dans la douche.

Instantanément, je me sentis apaisée, la fatigue se dissipant au fur et à mesure que l'eau coulait sur moi.

— *Parce que toutes les armes personnelles fonctionnent mieux si elles ont un nom. Hécate a fabriqué ce poignard pour toi. Il est unique en son genre, et probablement magique. En lui donnant un nom, tu créeras un lien particulier avec lui.*

— Ah. D'accord… Comment dois-je l'appeler, alors ?

— *Donne-lui le nom de quelque chose que tu aimes. Ou qui te manque.*

— *Lumière* ! m'exclamai-je sans y penser. J'en ai tellement marre d'être sous terre !

— *Tu n'aimais pas beaucoup dehors non plus*, rétorqua Skop.

— Il faut dire que ce n'était pas vraiment dehors. Par « dehors », je veux dire quelque chose comme la maison de Zeus, par exemple. Alors que ce gouffre…

J'essayai de trouver la manière appropriée de décrire ce vide beige, immobile et sans température, mais j'abandonnai.

— *Il y a beaucoup de lumière ici.*

— Mais ce n'est pas de la *vraie* lumière.

— *Et qu'est-ce que tu penses de…* Faesforos ?

— Qu'est-ce que cela signifie ? demandai-je en répétant le mot à haute voix.

Sa sonorité me plaisait.

— *Cela signifie « porteur de lumière »*, répondit Skop.

Malgré l'eau chaude, un léger frisson me parcourut. *Porteur de lumière.*

— *Peut-être que tu pourrais apporter de la vraie lumière au monde souterrain ?* déclara-t-il.

— Tu penses que je pourrais faire ça, Skop ? lui demandai-je, à la fois pleine d'espoir et de doute.

Il marqua une longue pause.

— *Je sais que tu as plus de potentiel en toi que tu ne le penses,* finit-il par dire.

Encore ce fichu mot que je détestais. *Potentiel.* À quoi servait le potentiel si on n'était pas épanoui ?

— Je pensais que tu étais là pour me faire rire, soupirai-je. Pas pour me faire la leçon...

— *Tes désirs sont des ordres, Maîtresse ! Est-ce que je t'ai déjà parlé de la fois où Dionysos a piégé Poséidon pour qu'il couche avec un arbre ?*

Le reste de la journée avec Hédoné passa à toute vitesse. Le bal commençait à huit heures, et elle avait prévu tout un tas de préparations de dernière minute. Pour mon plus grand plaisir, elle avait décidé de faire honneur à mes origines humaines et mortelles en préparant un buffet rempli de plats de mon monde, et plus particulièrement de New York. Des hot-dogs, des sandwichs au pastrami, des bagels au saumon fumé, des brioches à la cannelle, des beignets au sucre... Pour la première fois, j'avais hâte que l'épreuve arrive.

En tout cas jusqu'à ce que je commence à m'entraîner à saluer les invités. Hédoné avait persuadé Morphée de l'aider. Pendant une heure, le pauvre dut entrer et sortir de la pièce, en faisant chaque fois comme s'il arrivait pour la première fois, l'air surpris et ravi de me voir. Malheureusement, Hédoné trouvait sans cesse que je ne jouais pas la comédie aussi bien que lui, me reprochant mes poignées de main maladroites et mes sourires inquiets.

— Attends, je vais te montrer, chérie ! me dit-elle avec patience, prenant ma place.

Morphée quitta la pièce, puis rentra avec un air arrogant sur son beau visage.

— Morphée ! Quel plaisir de te voir ! s'enthousiasma Hédoné d'une voix haut perchée en s'avançant vers lui et en lui tendant la main.

Morphée attrapa sa main, se courba, et y déposa un baiser.

— Tout le plaisir est pour moi. C'est un honneur d'avoir été invité, dit-il.

— Comment aurais-je pu ne pas te compter parmi mes hôtes ? D'ailleurs, laisse-moi te complimenter : tu es absolument magnifique, ce soir ! Comment va ta famille ?

Sa voix était sensuelle, et elle avait l'air tellement sincère, ne quittant pas Morphée des yeux.

Elle se tourna vers moi.

— Tu vois, Perséphone ? Il ne faut pas que tu aies l'air de t'ennuyer, ni d'être surexcitée. Essaie simplement d'être élégante et majestueuse. Ne serre pas la main ; tends la tienne pour que tes hôtes la baisent, comme si tu étais plus importante qu'eux.

Je fronçai les sourcils ; je n'avais pas vraiment pour habitude de prendre un air supérieur... C'était tellement à l'opposé de ce que j'étais ! Mais il ne s'agissait que d'une soirée, ensuite, tout cela serait terminé. Je devais pouvoir y arriver.

— D'accord, je comprends...

— Veille à toujours demander des nouvelles de leur famille et n'oublie jamais que la flatterie t'ouvrira absolument toutes les portes dans l'Olympe. Essaie de complimenter chaque invité sur quelque chose qui lui est spécifique.

— D'accord ! lançai-je en hochant la tête. Laisse-moi réessayer.

· · ·

Enfin, après quelques tentatives supplémentaires, Hédoné fut satisfaite de mon niveau « d'enthousiasme et de sophistication ». Je me sentais complètement hypocrite mais, selon elle, mon sourire, soigneusement figé, était acceptable. Finalement, je n'avais d'autre choix que de me fier à elle ; c'était elle la spécialiste. Nous prîmes un déjeuner frugal, composé principalement de fruits, « afin de garder de la place pour le festin de ce soir », puis Hédoné m'enseigna les règles de bonnes manières à table, ainsi que la liste des jurons socialement acceptables. Apparemment, les Olympiens étaient entièrement exemptés de ces règles, mais s'attendaient à ce que le reste d'entre nous les respectent.

— Il y a encore une chose dont je voulais te parler, me dit Hédoné alors que nous retournions dans ma chambre.

— Bien sûr, laquelle ?

— Il s'agit de... eh bien, il s'agit de sexe !

Je trébuchai légèrement en la regardant avec inquiétude.

— Je ne suis pas censée..., commençai-je, mais elle agita rapidement les mains pour m'interrompre.

— Non, non, bien sûr que non ! Mais il faut que tu sois consciente que lorsque des personnes dotées de pouvoirs et apprêtées se réunissent pour boire, le sexe est... disons... assez inévitable. Et je ne crois pas que les comportements en matière de sexe ici, à l'Olympe, soient les mêmes que ceux auxquels tu es habituée...

— Je t'en supplie, ne me dis pas que je vais assister à une orgie, gémis-je.

— Non, rassure-toi ! me répondit Hédoné avec un petit rire. Même si elles sont, c'est vrai, assez fréquentes.

Mais les dieux, et les demi-dieux aussi d'ailleurs, sont très doués pour disparaître puis réapparaître de manière presque inaperçue...

— Donc, ce que tu es en train de me dire, c'est que si quelqu'un disparaît, il est probablement en train de faire l'amour quelque part ?

— Exactement. Et le jeu, lors de ces fêtes, est de repérer qui disparaît en même temps.

— On dirait de la mauvaise télé-réalité, marmonnai-je.

Hédoné m'adressa un regard perplexe, puis continua.

— Zeus et Apollon sont probablement les pires pour cela, et si Héra est présente, cela peut provoquer des étincelles. L'une de tes missions, en tant qu'hôtesse, est de couvrir les personnes dont le partenaire est colérique ou jaloux...

Les bras m'en tombèrent.

— Je dois couvrir les gens qui trompent leur partenaire ? Jamais je ne ferai une chose pareille !

— Et pourtant, je crains que tu y sois obligée ; c'est une question de stratégie politique... De toute façon, dis-toi que quand Aphrodite s'en mêle, personne n'est vraiment à blâmer.

Je repensai à la façon dont Zeus m'avait charmée la veille, au désir pour lui que mon corps avait ressenti, trahissant ma raison. Aphrodite faisait-elle la même chose ?

— Les dieux peuvent-ils forcer une personne à avoir des relations sexuelles avec eux, même si elle ne le veut pas ? demandai-je, consciente que ma voix trahissait ma peur.

— Techniquement, oui. Mais c'est strictement interdit.

Je laissai échapper un léger soupir de soulagement.

— Tu dois savoir que les dieux ont des egos surdimensionnés. La plupart essaieront de te convaincre de coucher avec eux, car ils ne retirent aucune satisfaction du fait d'obtenir quelque chose qu'ils n'ont pas gagné.

— Qu'est-ce que tu voulais dire par « quand Aphrodite s'en mêle » ?

— Rassure-toi, Aphrodite n'oblige jamais personne à faire quoi que ce soit contre sa volonté, me sourit Hédoné. C'est même plutôt l'inverse : sa présence a tendance à exacerber tous les désirs. Le moindre petit béguin ou intérêt pour une personne se transforme très vite en véritable *crush*. Lorsqu'elle est dans les parages, les regards traînent et les mains se font baladeuses...

Tout cela me paraissait plus que louche, mais je ne pouvais rien y faire et ne fis donc aucun commentaire.

— Tu vas t'habituer à nos mœurs, j'en suis sûre, tenta de me rassurer Hédoné alors que nous atteignions ma porte. Ne t'inquiète pas, détends-toi, et profite !

Elle posa une main sur mon épaule et je ressentis une vague de gratitude envers elle.

— Merci beaucoup pour ton aide. Je suis désolée de t'avoir volé autant de ton temps...

Un air étrangement amer passa sur son beau visage.

— Le temps est une drôle de chose, murmura-t-elle doucement. Bonne chance, Perséphone. À ce soir !

DIX-NEUF

— Ça va bien se passer ! murmurai-je en passant mes mains sur ma jupe pour la centième fois.

Je me tenais devant une énorme arche de pierre de laquelle tombaient d'épais rideaux violet foncé, et tentais de calmer mes nerfs. Les images de ma traversée du pont transparent ne cessaient de miner mes tentatives de reprendre confiance en moi. Plus le temps passait, et plus j'avais hâte que tout cela soit terminé.

La seule chose qui me donnait la force d'affronter le stress de la soirée et l'humiliation de mon échec de la dernière fois, était ma tenue absolument incroyable. Hédoné s'était surpassée, et j'étais certaine que je n'avais jamais été aussi belle, et que je ne le serai probablement plus jamais. C'était à nouveau une robe dos nu, mais ras du cou, cette fois. La jupe, composée de plusieurs couches de mousseline légèrement transparentes, tombait magnifiquement au sol, couvrant mes pieds. À chacun de mes pas, le tissu s'enroulait délicatement autour de mes jambes, et une longue fente découvrait ma cuisse. On aurait dit que mes jambes faisaient des kilomètres de long. Mais ce que j'aimais surtout, c'est la couleur : chaque côté de la jupe était d'une nuance de vert différente, l'un vert sapin, et l'autre vert amande. Lorsque je bougeai, les couleurs se mélangeaient et se fondaient ; on aurait presque dit que la robe était vivante. Quant au corsage, il était blanc, avec des fleurs brodées sur mes côtes qui accentuaient la forme de mes seins. De longs gants blancs incroyablement doux couvraient presque toute la longueur de mes bras, me donnant l'impression d'être aussi glamour que Marilyn Monroe.

J'avais réalisé un chignon élaboré avec des tresses, et des boucles tombant sur mes épaules autour de mon visage, qui faisaient ressortir le loup noir que je portais sur les yeux. C'était la première fois que je portais un masque si délicat et terriblement féminin. C'était comme si de la dentelle était posée sur mon visage, composée de tresses de vigne, avec une plume verte dressée fièrement sur le côté droit. Je le trouvais splendide.

J'avais également attaché *Faesforos* à ma cuisse, comme Hécate me l'avait demandé. J'aurais préféré qu'il soit attaché à ma cheville, mais je portais des sandales dorées à talons, lacées jusqu'à mon mollet – avec la fente de la robe, ce n'était pas suffisamment discret. Je n'étais pas particulièrement à l'aise d'avoir une lame aussi proche de mes parties intimes, mais j'avais suffisamment confiance en Hécate pour prendre le risque.

— Je crois que le moment est venu ! me chuchota Skop à côté de moi, tandis que les rideaux bruissaient.

Mon rythme cardiaque s'accéléra. Mes paumes devinrent moites. Il avait raison : les rideaux s'ouvrirent.

— Citoyens de l'Olympe ! Je vous prie d'accueillir l'hôtesse de la soirée, Perséphone !

La voix du commentateur me semblait très lointaine. En fait, j'étais uniquement concentrée sur la scène que je découvris lorsque les rideaux furent levés. Hédoné m'avait prévenue que je risquais d'être surprise, mais jamais je n'aurais pu imaginer quelque chose d'aussi époustouflant.

La pièce ne ressemblait à aucune des autres que j'avais vues dans les Enfers jusqu'à présent, à l'exception du plafond voûté scintillant d'étoiles, et de l'immense espace parsemé de colonnes grecques. Il n'y avait pas de fenêtres, mais les murs étaient identiques au plafond : bleu marine et constellés d'étoiles. C'était comme si le sol flottait dans le ciel nocturne. Pourtant, il ne faisait pas sombre, notamment grâce au fait que chaque colonne était surmontée de flammes de différentes couleurs, jetant une lumière douce sur l'ensemble. Courant depuis l'arche dans laquelle je me tenais jusqu'à l'autre côté de la pièce, un long tapis rouge menait à une estrade sur laquelle étaient installés les trônes des douze dieux qui, pour l'instant, étaient vides. En revanche, la pièce était loin d'être vide. Partout où je regardais, il y avait des personnes et des créatures, toutes vêtues de beaux vêtements amples. Tous leurs visages masqués étaient tournés dans ma direction.

Putain !

Je me ressaisis et fis une révérence, et de légers applaudissements traversèrent la foule. Je fis un pas hésitant dans la pièce.

— *Déchire tout, Persy !* m'encouragea Skop dans ma tête.

Je relevai le menton et fis un pas de plus sur le tapis rouge. C'était peut-être la seule fois de ma vie que j'allais marcher sur un tapis rouge ; je décidai d'en profiter. Plus j'avançais dans la salle, plus mon assurance grandissait. De délicates vignes en or, avec de petits bourgeons qui scintillaient comme des diamants, me rappelaient celles que j'avais vues dans la salle à manger de Zeus. Elles équilibraient le grand espace et – pensai-je avec ironie – créaient des espaces d'intimité. Des satyres et de minuscules femmes que je supposais être des nymphes se déplaçaient entre les invités, tenant des plateaux de boissons et de petits canapés. Il y avait dans toute la salle une odeur divine – un peu comme celle des fraises, mais plus musquée. L'excitation et la joie étaient palpables.

Lorsque je jugeai m'être suffisamment avancée, je m'arrêtai et me tournai lentement sur place, prenant soin de regarder chaque personne présente. Lorsque je repérai Hédoné et Morphée, je me sentis instantanément rassurée. *Souviens-toi de ce qu'Hédoné t'a appris*, pensai-je. *Une pointe d'arrogance, et beaucoup de grâce.*

— Merci à tous de vous être joints à moi ce soir, commençai-je d'une voix forte et un peu distante. Je suis très honorée que vous ayez réussi à vous libérer. Après avoir bu un verre, je serai ravie de vous recevoir tous.

Un satyre apparut de nulle part, tenant un verre à pied en forme de soucoupe rempli d'un liquide clair.

— Oh ! Merci ! dis-je de manière formelle, sans sourire ni aucune familiarité.

Le satyre me sourit, puis s'élança vers le fond de la salle, entre les jambes de la foule silencieuse. Je pris une gorgée de la boisson fraîche, dont les bulles éclatèrent délicatement sur ma langue.

Tout va bien se passer !

Un par un, les invités s'approchèrent de moi, et je fus vite reconnaissante envers Hédoné de m'avoir prévu des gants. Tous voulaient me baiser la main, et certains étaient particulièrement effrayants. Je ne savais pas ce qu'ils étaient exactement, mais ils ressemblaient à des hybrides d'animaux, et quelques-uns avaient même des ailes. Heureusement, la majorité des convives avaient l'air humain.

Gardant un sourire vissé sur mes lèvres, je complimentai chaque personne sur son masque. Il faut dire que tous les masques étaient si incroyables qu'il m'était difficile de concentrer mon attention sur autre chose. Je tentai malgré tout de mémoriser les noms des personnes qui se présentaient à moi, mais j'avais du mal à tous les retenir.

— Tu te souviens de tous les noms ? demandai-je silencieusement à Skop en vidant mon verre.

Un satyre apparut immédiatement pour m'en donner un nouveau.

— *Je connais déjà la plupart de ces connards,* marmonna-t-il en retour. *Mais, par chance, aucun d'entre eux ne m'a reconnu !*

Il avait un ton espiègle, et je lui lançai un regard d'avertissement.

— Ne gâche pas tout, ce soir, Skop. C'est important pour moi !

— *Je suis content que tu le réalises enfin,* répondit-il.

Après quinze minutes de présentations, un gong retentit et le silence s'abattit sur la pièce.

— Honorables invités, citoyens de l'Olympe, veuillez accueillir vos dieux ! chanta la voix du commentateur.

Une lumière blanche clignota au-dessus de l'estrade et, aussitôt, tous les invités se mirent à genoux. Je m'empressai de les imiter, sans toutefois réussir à garder la tête baissée comme le faisaient tous les autres. Discrètement, je levai les yeux vers l'estrade, cherchant le seul dieu que je voulais vraiment voir.

Hadès était sous sa forme fumée, bien sûr, mais comme tout le monde, il portait un masque. *Et il a fait apparaître ses yeux*, constatai-je avec plaisir. Dès qu'il me vit, il plongea son regard dans le mien. Mon cœur se mit à battre la chamade. Mon souffle se coupa. Une émotion profonde, vive, presque douloureuse, me submergea. Mais, trop vite, il détourna le regard, et je me remis à respirer, bien que de manière irrégulière. Puis je réalisai que son masque était incroyablement similaire au mien : même couleur noir de jais et même forme. Seul le motif était différent ; ce n'étaient pas des vignes, mais j'étais trop loin pour pouvoir dire ce que c'était exactement. Hécate avait-elle fait exprès ? Où était-elle, d'ailleurs ? J'observai les autres dieux tandis qu'ils regardaient la foule à leurs pieds. Aphrodite se démarquait clairement des autres, vêtue d'une robe couleur chair tirant sur le rose, mettant délicatement en valeur sa peau blanche, ses longs cheveux, et ses lèvres rouge vif. Héra portait une tenue beaucoup plus sobre : une toge bleu sarcelle qui faisait briller sa peau foncée. En revanche, son masque était le plus élaboré, avec une énorme plume de paon pointant vers le haut, bien au-delà de son chignon sophistiqué qui surplombait son crâne d'au moins 30 centimètres. Zeus, lui, arborait un look plus classique que la dernière fois, ses cheveux poivre-sel parfaitement coiffés, et une toge traditionnelle qui révélait la majeure partie de son torse musclé.

— Merci à tous d'être venus, lança Hadès. S'il vous plaît, veuillez annoncer le premier test de la soirée, dit Hadès.

Sa voix cruelle rampa sur ma peau. Je le regardai avec

confusion quand, soudain, un grand bruit derrière moi attira mon attention. Je me retournai et assistai à l'apparition d'un sablier géant. La partie supérieure était remplie de sable, mais il ne s'écoulait pas dans la partie inférieure. Un frisson d'appréhension me glaça.

— Ce soir, Perséphone sera soumise à trois tests ! tonna le commentateur, et je réalisai alors que le petit homme blond et joyeux se tenait à quelques mètres du sablier. Et les juges décideront ensuite de lui accorder zéro, un ou deux jetons.

Deux ? Il ne fallait que cinq jetons pour gagner et j'en avais déjà un !

Pourquoi suis-je si excitée ? Je ne veux pas gagner ! me rappelai-je.

Perdre, mais ne pas mourir. C'est ce qu'Hadès avait dit. Jusque-là, le bal ne semblait pas particulièrement dangereux.

— Perséphone, tu devras respecter certaines règles, ce soir, annonça le commentateur en me regardant dans les yeux. D'abord, tu ne pourras demander de l'aide que pour un seul test. Si tu as besoin d'informations, tu devras les obtenir naturellement, par la conversation. Sinon, les juges considéreront que tu as perdu.

Je hochai la tête.

— Tu ne pourras pas quitter le bal.

J'acquiesçai à nouveau.

— Et tu ne pourras abandonner aucune de tes fonctions d'hôtesse. Si, à un moment donné, tu te comportes de manière inappropriée, le test sera annulé.

— Compris, dis-je.

— Le premier test est une chasse au trésor ! clama-t-il en s'adressant cette fois à l'ensemble de la pièce.

Quelques convives applaudirent, tandis que d'autres

chuchotèrent avec engouement. Je plissai les yeux avec méfiance. J'adorais les chasses au trésor, quand j'étais petite. J'étais même plutôt bonne, d'ailleurs.

— Perséphone devra trouver quatre indices, qui la conduiront à une clé pour déverrouiller le sablier. Pour gagner le test, elle devra récupérer la clé avant que le sablier ne s'épuise.

Pourquoi devais-je déverrouiller un sablier ? Je ressentis un profond malaise et ma respiration se fit plus courte lorsque, soudain, quelque chose se mit à scintiller à l'intérieur du grand sablier. *Non... Ce n'est pas possible... Ils n'ont pas pu...* Horrifiée, j'assistai, impuissante, à la scène. Lorsque le scintillement cessa, un homme apparut, debout dans la moitié inférieure du sablier. Vêtu d'une simple toge, il devait avoir mon âge. Ses yeux étaient fermés, et il semblait endormi. Un filet de sable commença à s'écouler de la partie supérieure.

— Voici ton premier indice, déclara le commentateur.

Un petit parchemin apparut dans ma main.

— Vous ne pouvez pas faire ça ! hurlai-je en ignorant le parchemin et en me tournant vers les dieux. Que lui arrivera-t-il si j'échoue ?

— À ton avis ? Crois-tu que tu pourrais respirer si tu étais ensevelie dans le sable ? me répondit Zeus d'un air paresseux.

La bile monta dans ma gorge. Ma tête tournait. C'était tellement injuste !

— Ces épreuves sont censées être dangereuses pour moi, pas pour des gens que je n'ai jamais rencontrés ! m'exclamai-je. Laissez-le partir !

J'entendis quelques soupirs d'indignation autour de moi, et Athéna se leva. Elle avait l'air identique à la première fois que je l'avais vue.

— Perséphone, les mœurs de l'Olympe sont nouvelles pour toi, mais tu ne peux pas les changer. Le seul moyen de sauver cet homme est de réussir le test. Tu perds du temps !

Je la regardai bouche bée.

— *Elle a raison. Bouge-toi !* dit Skop dans ma tête.

— Ton petit compagnon sur pattes ne peut pas t'aider dans cette épreuve, dit soudain Poséidon, et Skop poussa un petit cri de douleur.

— Laisse-le tranquille ! criai-je.

— Elle a raison ! dit Dionysos avec indignation.

Avec un petit éclair, Skop disparut et réapparut à côté de Dionysos. J'étais soulagée, le dieu du vin allait s'occuper de lui.

Mais maintenant, j'étais seule et la vie d'un homme dépendait de moi.

VINGT

Les mains tremblantes, je passai mon verre au petit satyre à côté de moi, puis déroulai le parchemin qui était sorti de nulle part. Il n'y avait que deux lignes écrites dessus.

Orné d'une plume bleue et bordé de dentelle blanche
C'est une magnifique façon de cacher son vrai visage

Je les lus deux fois, comprenant qu'il était certainement fait référence à un masque. Il me suffisait donc d'en trouver un correspondant à la description : une plume bleue et de la dentelle blanche. Je cherchai frénétique-ment autour de moi. Tout le monde me regardait. J'étais perdue lorsqu'Hédoné toussa pour attirer mon attention et me lança un regard entendu. Les mots du commenta-teur me revinrent alors à l'esprit : *tu ne pourras abandonner aucune de tes fonctions d'hôtesse. Si, à un moment donné, tu te comportes de manière inappropriée, le test sera annulé. Je me* souvins alors de ce que j'avais appris et de ce qui devait se passer une fois tous les invités présents.

— Le repas sera servi dans une heure ! annonçai-je triomphalement. Que la musique commence !

Aussitôt, le son mélodique d'une harpe résonna dans toute la pièce et, à ma grande surprise, les trônes avaient disparu, remplacés par une magnifique harpiste aux cheveux argentés qui caressait les cordes de l'instrument, deux fois plus grand qu'elle, en fermant les yeux. Mais elle n'avait pas de masque avec une plume bleue et de la dentelle blanche. Sans perdre de temps, je me détournai d'elle. L'homme dans le sablier était toujours endormi, tandis que le sable commençait à s'accumuler à ses pieds. Je me dirigeai vers Hédoné.

— Bonsoir, Perséphone, me dit-elle d'un ton formel.

— Bonsoir, répondis-je.

— As-tu pu accueillir tout le monde avant l'arrivée des dieux ?

— Non, à peine la moitié. Mais je vais maintenant aller voir ceux que je n'ai pas encore salués.

Les gens commençaient à se presser autour de moi. Je me retournai, le sourire toujours vissé aux lèvres. Je regardai attentivement chaque masque, essayant de calmer mon cœur qui s'emballait malgré moi. Pas de plumes bleues. *Merde !* Je tendais la main à chaque convive qui se présentait à moi, les remerciant de leur présence, mais n'écoutant à peine leur nom, uniquement concentrée sur ma mission. Je repérai quelques plumes bleues, mais aucun des masques n'avait de dentelle blanche. Je me dis qu'il devait s'agir d'un masque féminin, et je me mis à observer plus particulièrement les femmes. *Dommage que Skop ne soit pas avec moi !* pensai-je avec regret.

Juste à ce moment-là, j'aperçus une femme vêtue d'une robe rose bouffante à qui je n'avais pas encore parlé. En même temps, une vague de froid m'enveloppa, me faisant frissonner. Je me retournai lentement, sachant déjà ce qui avait fait baisser la température.

— Hadès, murmurai-je face à sa forme enfumée.

J'étais captivée par ses yeux argentés et avais du mal à rester concentrée.

— Tu as l'air...

Je m'interrompis, mordant ma lèvre inférieure en essayant de trouver le compliment juste.

— Enfumé ? proposa-t-il.

Je souris, surprise par cette ironie inattendue de sa part.

— Exactement. Enfumé...

Je commençais à me détendre un peu.

— Si cette soirée n'était pas diffusée dans tout l'Olympe, je me serais présenté sous une autre forme, dit-il d'une voix chaleureuse.

— Pourquoi ne souhaites-tu pas que les gens te voient tel que tu es ?

— Le roi des Enfers n'est pas particulièrement populaire, tu sais. Tout le monde s'attend à ce que je sois un monstre, alors je leur en donne un, répondit-il en haussant ses épaules de fumée.

— Mais... Tu n'es pas vraiment un monstre ? demandai-je avec hésitation.

Hadès ne répondit pas tout de suite, et je retins mon souffle.

— Je suis en partie le monstre qu'ils croient que je suis.

Une partie de moi ne voulait pas le croire, mais le souvenir de notre première rencontre, des corps hurlants, des flammes, et du sang, hantait encore mon esprit. Il était le roi des morts ; cela impliquait certainement d'être au moins partiellement un monstre... De toute façon, à mes yeux, ils l'étaient tous. Après tout, ces dieux jouaient avec la vie d'innocents comme des chats avec les souris. Je jetai un coup d'œil à l'homme dans l'horrible sablier contre le mur du fond ; je frissonnai. Pourtant, je semblais être la seule à me soucier de son sort : les couples avaient commencé à danser, ne prêtant aucune attention à lui, comme s'il faisait partie du décor. C'était glaçant.

— Je... dois saluer les autres invités, balbutiai-je.

J'aurais voulu lui demander s'il avait vu un masque avec une plume bleue et de la dentelle blanche, mais j'aurais alors été disqualifiée, faisant du même coup perdre la vie à ce pauvre homme.

— Bien sûr, murmura-t-il en inclinant légèrement la tête. Tu...

Il hésita un instant, ses yeux argentés plongés dans les miens.

— ... Tu es absolument magnifique.

— Merci, répondis-je, submergée par une vague de bonheur.

Un bonheur totalement inapproprié, me réprimandais-je. *Sérieusement, Persy, ne perds pas de vue ton objectif !*

Dans un effort incommensurable, je me détournai de lui, cherchant du regard la femme à la robe rose. Très vite, je la repérai mais, lorsque je me présentai à elle, je découvris avec déception qu'elle portait un masque rose assorti à sa tenue, entourant ses yeux bleu vif.

— Bonsoir, dit une voix de femme alors qu'un bel homme à la peau brune, avec de courtes dreadlocks, et qui répondait au nom de Thésée me prit la main.

Je hochai poliment la tête vers Thésée puis me tournai

vers la femme qui venait de me saluer. Masque rouge. *Merde !*

— Bonsoir, souris-je.

Avec sa robe écarlate moulante et ses cheveux d'un noir profond, elle était magnifique.

— Merci d'être venue ce soir. Ta robe est ravissante, la complimentai-je.

— Ne me remercie pas. Ce n'est pas comme si j'avais eu le choix ! rétorqua-t-elle avec un sourire forcé. Je suis Menthé.

— Oh !

Menthé, comme dans la première partie de la Reine du monde souterrain *? Pourquoi a-t-elle été invitée ?*

— Apparemment, il faut que je me montre... Et pour être honnête, je voulais savoir qui était celle dont tout le monde parle en ce moment, ricana-t-elle en me regardant de haut en bas.

Mes souvenirs de harcèlement au collège me revinrent immédiatement à l'esprit et, d'instinct, je me contractai et baissai les yeux au sol. Mais, ce faisant, je vis mes sandales dorées et ma jupe fluide comme une rivière. *Je suis carrément canon !* me dis-je. *Et puis c'est* ma *fête, bordel !*

— Je ne comprends pas pourquoi tu suscites autant d'agitation..., remarqua Menthé d'un air désabusé.

Je relevai lentement la tête et redressai fièrement mes épaules. Le satyre, que je trouvais de plus en plus sympathique, apparut exactement au bon moment, et je pris une coupe de son plateau.

— Je me dis la même chose de toi, dis-je simplement avant de prendre une longue gorgée. Profite bien de ta soirée, dis-je froidement.

Puis je m'éloignai d'elle, la laissant sans voix et l'air renfrogné.

J'étais si fière de moi ! Je regrettai simplement qu'Hécate n'ait pas été là pour assister à la scène, ou que Skop n'ait pas pu partager avec moi ce moment... Il aurait adoré donner à cette Menthé un surnom dont il avait le secret. Mais le plus important était que j'avais su réagir. Je savais maintenant que je pouvais le faire !

Lorsque j'aperçus finalement la femme dont le masque était orné d'une plume bleue et de dentelle blanche, dix minutes s'étaient écoulées et le sable arrivait maintenant jusqu'aux cuisses de l'homme toujours inconscient. Je saluai la petite brune qui, me dit-elle, s'appelait Séléné. Alors que nous échangions les banalités habituelles, j'observai son masque de près. Une plume bleu nuit d'une trentaine de centimètres pointait du côté gauche de son masque, lequel était bordé d'une dentelle blanche sophistiquée. C'était très joli, mais je me rendis compte, paniquée, que je n'avais aucune idée de ce que j'étais censée faire maintenant que je l'avais trouvé. *Demande-lui simplement ! Demande-lui le prochain indice !* me dis-je. Mais que se passerait-il si cela était considéré comme de la triche et que j'étais disqualifiée ? Je ne pouvais pas prendre ce risque alors que la vie d'un homme dépendait de moi...

— Tu as une bague magnifique, dis-je de manière automatique en regardant l'énorme gemme blanc laiteux sur son doigt délicat, cherchant quelque chose à dire ensuite.

— Oh, merci ! me sourit-elle. C'est une pierre de lune.

— C'est vraiment très beau, répondis-je, me demandant si ses mots étaient un indice.

— Essaie-la si tu veux ! proposa-t-elle en retirant sa bague.

Je commençai à lui dire que je ne réussirais jamais à l'enfiler, mais je vis l'expression sérieuse sur son visage et je compris que je n'avais pas le choix. Alors je tendis la main et, dès que la bague fut dans ma paume, elle se transforma en un autre parchemin. Séléné m'adressa un dernier sourire puis se détourna pour parler à son beau partenaire, tandis que je me dépêchai de dérouler le parchemin.

Se démarquer dans une pièce pleine de formes régulières
  Ce récipient insolite contiendra ce qui est fait de raisins

Fait de raisin doit vouloir dire du vin, pensai-je. Quant au récipient, il devait s'agir d'un gobelet ou d'un verre... Devais-je donc chercher un verre à vin de forme inhabituelle ? Instinctivement, je regardai dans la direction de Dionysos, qui était entouré de grandes femmes, sa chemise noire à sequins reflétant la lumière de la torche. Il n'avait même pas attaché un seul bouton, et je ne pus m'empêcher de sourire. Skop était à ses pieds, en train de regarder sous la jupe d'une jolie dryade. Je levai les yeux au ciel, puis regardai attentivement les verres que tenaient Dionysos et ses prétendantes. Ils n'avaient rien de particulier...

Je me promenai avec désinvolture parmi les invités, souriant et essayant vaguement de me rappeler leurs noms alors que je regardais les verres dans leurs mains. Je ne voyais toujours aucun verre à la forme étrange... De plus en plus inquiète, je jetai un coup d'œil vers le sablier qui s'écoulait toujours. Puis je réfléchis : où pouvais-je trouver le plus de verres à vin ? Dans les cuisines ?

Il ne me fallut que quelques secondes pour identifier l'endroit d'où les satyres et les nymphes entraient et sortaient mais, pendant que je regardais, je me rendis compte qu'un des murs de la pièce n'avait sur lui aucune étoile, mais plutôt une sorte d'ombre géante qui en masquait tous les détails. Je m'approchai lentement et, étrangement, plus je m'approchais, moins je voyais.

— J'ai l'habitude de la lumière et de l'ombre, dit une voix douce et soyeuse.

Puis un homme immense sortit de l'obscurité. Il devait mesurer au moins deux mètres et demi, et était incroyablement mince. On aurait dit que sa peau était de l'onyx, son crâne était chauve, et il portait une longue robe noire.

— Le noir te va à ravir, dis-je poliment.

Il me remercia avec un léger signe de tête.

— Puis-je t'aider ? me demanda-t-il.

— Oh... Je... Euh... Je voulais m'assurer que tout allait bien dans les cuisines, balbutiai-je.

— Vraiment ? Pourquoi ?

Il pencha la tête vers moi, me scrutant de ses yeux sombres. Je le trouvais terriblement énervant.

— Une bonne hôtesse doit avoir le contrôle sur tout, souris-je. Je ne crois pas avoir eu le plaisir de connaître ton nom ?

— Je suis Érèbe, se présenta-t-il.

— Perséphone, répondis-je en tendant la main.

Il ne la prit pas, et je la retirai maladroitement.

— Érèbe, répétai-je en me creusant la tête. Je suis nouvelle dans l'Olympe, alors pardonne-moi si je me trompe, mais es-tu le dieu des ténèbres ?

— Et des ombres... C'est bien moi !

— Tu vis dans le monde souterrain ?

— En effet. Hadès est mon maître.

— Dans ce cas, j'imagine que tu suis attentivement cette compétition ?

— Toute l'Olympe suit attentivement cette compétition. Ses habitants ont soif de divertissement.

Son ton était sec et sarcastique, et cela me donna envie de m'éloigner de lui.

— Bien... Je dois maintenant aller vérifier que tout se passe bien avec le personnel. Ce fut un plaisir de te rencontrer !

— Il te faut une autorisation pour traverser les ombres.

— Oh... Et à qui dois-je demander une telle autorisation ? demandai-je fermement.

Je connaissais déjà la réponse et sentis mon irritation grandir, tandis qu'Érèbe m'adressa un sourire effrayant.

— À moi...

Un homme était sur le point de mourir enseveli par le sable derrière moi, et cet idiot s'amusait à faire des mystères ? Je plaquai mon sourire le plus aimable sur mon visage.

— Puis-je traverser les ombres, s'il te plaît ? Je voudrais vérifier le déroulement de la fête et m'assurer que nous avons suffisamment de vin.

— Mais bien sûr que tu le peux, me répondit-il en désignant le vide devant moi.

— Je te remercie, mentis-je.

Et je m'avançai dans l'obscurité.

VINGT-ET-UN

Je clignai des yeux, éblouie par la lumière brillante après l'ambiance tamisée de la salle de bal et l'obscurité totale des ombres. Les cuisines ressemblaient à celles que l'on trouvait dans mon monde : de longs comptoirs en acier inoxydable étaient recouverts de bols et de plateaux, et le personnel, nombreux, s'affairait dans tous les sens. Nymphes et humains, tous en tablier blanc, préparaient des plats, se déplaçant à toute vitesse entre les comptoirs et la rangée de fours à l'arrière de la salle, se parlant en criant afin de couvrir le tintement des ustensiles et les autres voix. Il régnait une délicieuse odeur de hot-dogs. À ma droite, des nymphes étaient en train de remplir des rangées entières de verres avec différentes boissons, que les serveurs venaient ensuite récupérer pour réapprovisionner leurs plateaux. Je me dirigeai vers eux, mes talons claquant sur le carrelage.

— Excuse-moi...

La nymphe à la peau rose à laquelle je m'adressais leva les yeux vers moi après avoir terminé de verser une bouteille.

— Je suis désolée, je ne voulais pas te faire sursauter, dis-je rapidement, alors qu'elle renversa quelque chose de bleu et de mousseux sur le comptoir.

— De quoi as-tu besoin, Madame ? me demanda-t-elle, évitant mon regard et essuyant ce qu'elle venait de renverser.

— Ma question va certainement te sembler étrange, mais sais-tu s'il y a ici des verres à vin ayant une forme particulière ?

Elle me regarda en penchant la tête.

— Oui, il y en a un. On nous l'a amené il y a environ une demi-heure. Nous avons pensé qu'il devait appartenir à l'un des invités, car ce n'est pas l'un de nos verres.

— Puis-je le voir s'il te plaît ?

— Bien sûr, Madame !

Elle se précipita derrière une rangée de hautes armoires métalliques et revint quelques secondes plus tard avec un verre de vin *carré*. La base, la tige et la coupe étaient en angles droits parfaits.

— Comme c'est étrange, murmurai-je en le lui prenant des mains.

Sa bouche s'ouvrit, comme si elle s'apprêtait à me dire quelque chose, mais elle s'interrompit lorsque le verre carré disparut avec un petit nuage de fumée, remplacé par un nouveau parchemin. Le soulagement et l'excitation m'envahirent. *Deux réalisés. Plus que deux à faire !* pensai-je.

— Merci pour ton aide, dis-je à la nymphe avec un large sourire.

— Je t'en prie ! répondit-elle nerveusement alors que je me retournai et me précipitai vers le mur des ombres par lequel j'étais entrée.

Je déroulai le parchemin en marchant, lisant rapidement.

. . .

La chose la plus désirée de la semaine
  Il n'y a pas d'autre moyen d'aller au bal

Pas d'autre moyen d'aller au bal ? Je traversai les ombres et, lorsque je fus à nouveau parmi mes convives, il me fut impossible de ne pas remarquer à quel point la salle de bal était magnifique, avec sa lumière douce et scintillante et ses invités, tous magnifiquement vêtus, virevoltant et se balançant au rythme de la musique.

Mais je me concentrai à nouveau sur le parchemin. *La chose la plus désirée cette semaine ?* De quoi les personnes qui étaient présentes avaient-elles eu besoin absolument pour pouvoir venir au bal ? La réponse me vint immédiatement : *une invitation !* C'était forcément ça ! Je scannai la pièce à la recherche d'Hédoné, et mon cœur fit un petit bond lorsque je l'aperçus enfin, avec Morphée, en train de parler à Hécate. Mon amie était absolument magnifique, avec une combinaison en cuir blanc qui semblait avoir été peinte sur sa peau, et une queue de cheval haute avec des mèches rose fluo. Elle semblait tout droit sortie des années quatre-vingt ! Je me précipitai vers eux.

— Persy ! s'exclama Hédoné en me voyant arriver.

Elle se pencha en avant pour m'embrasser. Était-ce autorisé ? Nous n'avions pas abordé ce point lors ma préparation... Je lui jetai un regard perplexe, mais elle me fit un sourire rassurant.

— Tu es super sexy ! me complimenta Hécate en me tenant par les épaules et en me regardant de haut en bas.

— Merci ! répondis-je avec un large sourire. Je suis contente de te voir, Hécate, dis-je d'un ton plus sérieux.

Hécate me regarda en fronçant les sourcils.

— Qu'est-ce qu'il t'arrive ? Tu devrais pourtant avoir l'air heureuse...

Il y a un homme innocent dans un putain de sablier et il va mourir si je ne gagne pas ce jeu stupide ! Vous êtes tous cons ou quoi ? pensai-je. Mais j'optai finalement pour une réponse plus courtoise.

— Tu m'as pourtant prévenue que ce serait difficile, souris-je en haussant les épaules.

Je devais formuler ma prochaine question avec soin. Je ne voulais pas enfreindre la règle concernant les questions directes, et je devais trouver un prétexte pour obtenir l'information dont j'avais besoin.

— Hédoné, je voulais te demander... Je réalise que je n'ai jamais vu les cartons d'invitation et j'aurais aimé vérifier à quelle heure le premier plat du dîner était annoncé. Est-ce que par hasard tu aurais le tien avec toi ?

Hédoné m'adressa un sourire embarrassé et baissa les yeux sur sa robe noire moulante qui mettait en valeur ses formes et lui donnait un air de ressemblance avec le sablier...

— Je n'ai pas une seule poche, s'excusa-t-elle de sa voix rauque. Je suis désolée...

Alors que j'étais sur le point de m'effondrer, Morphée intervint.

— Attends, j'ai le mien ! déclara-t-il en fouillant la poche intérieure de son smoking bleu marine - il faisait partie des rares personnes à porter des vêtements de mon monde.

Il fronça les sourcils, comme s'il ne trouvait pas, et je retins mon souffle avec espoir.

— Ah ! Le voilà ! dit-il finalement.

Et il me passa le petit carton noir.

— Merci !

Je le pris mais, avant que je puisse lire ce qui y était écrit en lettres dorées, l'invitation disparut dans un petit nuage, et je me retrouvai avec le quatrième rouleau dans la main.

Hécate haussa les sourcils et je lui fis un rapide sourire.

— À tout à l'heure pour le dîner ! lançai-je distraitement en m'éloignant d'eux et en déroulant le parchemin.

Mon cœur battait de plus en plus vite à mesure que le temps s'écoulait. J'avais trois indices, et celui-ci était le dernier. Je regardai l'homme dans le sablier : le sable le couvrait maintenant jusqu'aux hanches ; il ne tarderait pas à atteindre sa poitrine. Je devais faire vite ! Je regardai le parchemin, l'adrénaline aiguisant ma concentration.

Serein et mélodique, élevant les esprits
  Apollon et Hermès ont fait au monde ce cadeau

Je fermai les yeux une seconde, accablée. Les trois derniers indices avaient été assez évidents mais celui-ci... Serein et mélodique pouvaient s'appliquer à la musique ? J'ai levé les yeux vers l'estrade. La harpiste avait été rejointe par une pléthore de musiciens, et je ne connaissais pas la moitié des instruments. *Merde !* J'allais devoir parler à Apollon ou à Hermès.

Hédoné m'avait prévenue qu'Apollon était aussi terrible que Zeus. Je décidai donc de m'adresser plutôt à Hermès, lequel s'était montré particulièrement amical lorsque j'avais été présentée aux dieux. Je parcourus la foule du regard, à la recherche du dieu aux cheveux rouges. Tous les dieux de l'Olympe, à l'exception d'Hadès, se démarquaient des autres convives – ils brillaient légèrement et tous étaient entourés de gens masqués. Il ne me fallut donc longtemps pour repérer Hermès. Affichant mon plus beau sourire, je me frayai un chemin parmi ses courtisans, faisant de mon mieux pour ne pas laisser paraître mon dégoût lorsque je frôlai une créature velue avec une dizaine de bras.

— Perséphone ! Super fête ! me complimenta Hermès avec un sourire rayonnant lorsque, enfin, j'arrivai devant lui.

Ses cheveux et sa barbe rasés de près brillaient malgré la pénombre, et son masque, sophistiqué, était également rouge vif, avec une plume jaune. Il portait une toge traditionnelle noire, un peu comme celle de Zeus, qui révélait la majeure partie de sa poitrine. Je lui fis une profonde révérence.

— Je suis honorée de te compter parmi mes invités, dis-je respectueusement.

Il jeta un coup d'œil aux personnes serrées autour de nous et, soudain, le bavardage de la pièce s'estompa, comme si je m'étais mis des boules Quies.

— Toi et moi étions amis, autrefois. Je sais que tu ne t'en souviens pas mais, pour ma part, je n'ai pas oublié, déclaré Hermès d'une voix cristalline.

Son visage était bienveillant et joyeux. Dès qu'il eut fini de parler, le son dans la salle se fit à nouveau plus fort, les instruments à cordes diffusant une mélodie douce et calme qui atténuait le bruit des conversations.

— Je te remercie, lui dis-je en souriant. J'aurais aimé te poser des questions sur les choses que tu diriges en tant que dieu...

Je parlai lentement, veillant à ne pas faire d'impair. Je savais que je ne pouvais poser aucune question directe sur les instruments de musique ; je devais donc aborder le sujet de manière détournée. *Ces connards veulent tester mon art de la conversation mondaine,* pensai-je en essayant de ne pas lever les yeux au ciel. *Putain de dieux arrogants !*

— Vas-y ! m'autorisa Hermès en prenant une longue gorgée de sa chope.

— Eh bien... Je sais que tu es le dieu messager, et que tu travailles parfois pour Hadès en collectant des âmes, dis-je en puisant dans ce qu'il me restait de mes études de lettres classiques. Et je sais aussi que tu es célèbre pour faire des farces.

Hermès eut un petit rire.

— Ça, c'est vrai ! s'exclama-t-il. D'ailleurs, ton petit ami kobalos est un sprite comme je les aime !

— Pour autant que je sache, il ne m'a encore fait aucune farce, dis-je prudemment.

— En effet, car je ne pense pas qu'il en ait le droit. Mais il a un passé haut en couleur ! déclara-t-il, les yeux brillants de malice.

— Et de quoi d'autre es-tu le dieu ?

— Des voleurs et des richesses, dit-il en haussant les sourcils. Ton Hadès a accès à tous les minéraux et gemmes souterrains ; techniquement, il est donc plus riche que moi. Mais qui n'est pas tenté de faire un petit hold-up de temps en temps ?

Je le regardai fixement essayant de comprendre ce

qu'il voulait dire, et d'ignorer l'expression « ton Hadès » qu'il avait utilisée.

— Tu oserais voler le roi des Enfers ?

Hermès éclata de rire.

— Je vole tout le monde, ma fille ! En fait, je n'ai été intégré aux dieux de l'Olympe parce que Zeus était impressionné par le fait que je vole Apollon sans être inquiété !

Apollon ? Je fis de mon mieux pour rester impassible malgré l'excitation qui bouillonnait en moi. Hermès lui avait-il volé un instrument ?

— Qu'as-tu volé à Apollon ? demandai-je avec un sourire, faisant mine d'être intéressée par l'anecdote.

— Son bétail ! Qui valait une petite fortune..., soupira Hermès en regardant dans le vague avec nostalgie. C'était le bon vieux temps !

Je sentis la déception me submerger.

— Oh...

— Il était hors de lui ! se rappela-t-il. Il m'en voulait à mort ! Je n'ai réussi à l'amadouer qu'en faisant appel à son amour de la musique.

— Son amour de la musique ? répétai-je, ma curiosité à nouveau piquée.

— Oui. J'ai inventé la lyre et je lui en ai joué. Il l'a tellement aimé qu'il m'a pardonné en échange de l'ins-trument.

— La lyre, soufflai-je. Ça doit être ça !

Je me tournai vers l'estrade, essayant de reconnaître une lyre dans les mains d'un des musiciens. La difficulté était double : non seulement je ne savais pas exactement à quoi ressemblait une lyre, mais, même si je réussissais à en trouver une, j'allais devoir ruser pour monter sur scène et m'en emparer...

— Oui... Je l'ai fabriquée avec une carapace de tortue et des morceaux de boyau de mouton. Je ne pense pas que ça les impressionnerait beaucoup, aujourd'hui ! rit-il en suivant mon regard vers les musiciens sur l'estrade.

Son rire s'arrêta net, et je me tournai vers lui, le trouvant avec les yeux écarquillés.

— J'ai une excellente idée ! Regarde ça, sourit-il.

Une légère fumée tourna au-dessus de ses mains en coupe, et une grande coquille de tortue vide avec des cordes rouges et gluantes tendues sur la partie creuse, apparut. Elle dégageait une odeur désagréable, et je reculai d'un pas en faisant une grimace.

— Ce sont des cordes en boyau de mouton, m'informa-t-il, visiblement fier de lui.

— Qu'est-ce que tu..., commençai-je à lui demander.

Mais, d'un seul geste, il la fit disparaître, et la remplaça par une lyre en bois magnifiquement sculptée. À ce moment-là, un cri retentit en même temps qu'un bruit de fausse note, venant de la scène. Une femme debout parmi les musiciens tenait dans ses mains la lyre qui était, quelques secondes avant, entre celles d'Hermès, regardant le rouge sur ses doigts avec dégoût et confusion.

— Tu as échangé les instruments ?

Hermès se mit à rire – d'un rire contagieux que je ne pus m'empêcher d'imiter.

— C'est dégoûtant ! Et complètement injuste ! bafouillai-je.

— C'est vrai, répondit Hermès en avalant son verre. Mais je trouve aussi cela très amusant ! Je vais aller me chercher un autre verre ! m'annonça-t-il en brandissant sa chope vide. Puis-je te laisser régler ça ? Après tout, réparer les bêtises des dieux fait partie de ton devoir d'hôtesse !

lança-t-il, avec un clin d'œil, en me tendant la lyre revenue dans ses mains.

— Euh... Oui... D'accord ! répondis-je, essayant de ne pas laisser paraître mon dégoût.

Dès que je la touchai, elle disparut dans un petit nuage de fumée, et fut remplacée par une petite boule en métal.

— Je suis tellement content d'avoir pu t'aider ! dit Hermès d'un ton amical. Ce fut bref, mais un plaisir, Perséphone.

Puis il passa devant moi et s'éloigna.

VINGT-DEUX

Je retournai la petite boule en métal dans mes mains, à la recherche d'un indice. Pour être honnête, je devais admettre que, s'il n'y avait pas eu un homme inconscient risquant de perdre sa vie en étant enseveli par le sable, j'aurais trouvé le test amusant. La boule avait trois anneaux sculptés autour d'elle, mais rien d'autre... Qu'étais-je censée en faire ?

Quatre indices, qui la conduiront à une clé pour déverrouiller le sablier, avait déclaré le commentateur. Je regardai le sablier. Le sable atteignait maintenant les épaules de l'homme. Paniquée, je regardai à nouveau la boule, essayant de comprendre. Elle ne ressemblait pourtant pas à une clé. À moins qu'elle n'ait été une clé d'un genre nouveau pour moi ? Cet endroit était si bizarre...

Je me dirigeai rapidement vers le sablier, esquivant poliment les gens qui s'avançaient pour me parler.

— Je suis désolée, je reviens dans un instant ! répétai-je, encore et encore, essayant de perdre le moins de temps possible.

Fichue politesse ! pensai-je.

Enfin, j'atteignis le sablier. Le silence s'abattit sur la pièce, me rendant de plus en plus nerveuse. En regardant par-dessus mon épaule, je constatai que tout le monde avait les yeux rivés sur moi. Ils savaient que j'avais résolu tous les indices et que j'avais la clé. Il m'était impossible de procéder à cette dernière partie de manière naturelle, comme la règle l'exigeait, mais j'imaginai que je ne serais pas disqualifiée pour cela. Après tout, c'était le commentateur lui-même qui avait annoncé que je devais déverrouiller le sablier. Lorsque je fus devant l'homme endormi dans sa prison en verre, je fis une pause, retenant mon souffle, m'attendant à ce que le commentateur me réprimande. Pourtant, à ma grande surprise, il n'en fit rien. Seule la harpiste joua quelques notes qui résonnèrent dans la salle silencieuse. Rassurée, je m'accroupis, mais mon soulagement ne fut que de courte durée. La paroi en verre du sablier était cerclée par une bande de ce qui me semblait être du laiton, y compris la base épaisse au milieu de laquelle se trouvait une large plaque. Il y avait deux trous dans la plaque et une courte inscription en dessous de chacun.

Innocent et *coupable*.

Je fronçai les sourcils. Qu'est-ce que cela signifiait ? Ces mots faisaient-ils référence à celui qui était à l'intérieur ? Je me levai, regardant à travers la vitre le visage endormi de l'homme. Il avait des plis profonds autour des yeux, mais il était trop jeune pour qu'il s'agisse de rides de vieillesse. Il avait des cheveux blond clair, courts et parfaitement coiffés. Comment étais-je censée savoir s'il était coupable ou innocent ? Et coupable de quoi, d'ailleurs ? Je soupirai d'agacement, puis pris une profonde inspiration. Il devait forcément y avoir un indice quelque part. Aussi crétins fussent-ils, j'étais bien persuadée que les dieux ne m'auraient jamais mise face à une énigme insoluble.

Je posai mes mains sur la vitre et regardai à nouveau. Je réalisai alors que l'homme portait quelque chose autour du cou. Quelque chose de petit et métallique, accroché à une corde en cuir. Une sorte de charme. Ça ressemblait à... une plume ? Je plissai les yeux, essayant de voir les détails à travers le verre légèrement déformé, tandis que le sable commençait maintenant à recouvrir la gorge de l'homme – et son collier. *C'est un poignard !* réalisai-je finalement. Pourquoi avait-il un charme en forme de poignard autour du cou ? Cela signifiait-il quelque chose dans l'Olympe ? Je serrai la mâchoire. En tant qu'*outsider*, j'étais encore une fois désavantagée. *Réfléchis, Perséphone !* Les poignards ne sont généralement pas associés à l'innocence. Devais-je déterminer si cet homme était coupable ou innocent ?

Une sensation de malaise m'envahit. Jamais je n'avais jugé qui que ce soit, à l'exception de ces connards de dieux pour m'avoir fait jouer à leurs jeux stupides ! Je pris une profonde inspiration. Depuis le début de la soirée, j'avais pensé que l'homme était un innocent que l'on avait mis là pour divertir les hôtes. Mais... Et si les dieux n'étaient finalement pas si cruels ? Et s'ils avaient choisi quelqu'un qui méritait un tel châtiment ? Même si, selon moi, j'étais convaincue que personne ne méritait la peine de mort...

D'un geste rapide, et avant de pouvoir changer d'avis, je laissai tomber la petite boule dans le trou « coupable ». Il y eut alors un bruit de roulement de métal, puis un clic. Je reculai, le cœur battant tandis que je regardais le sablier. Lentement d'abord, puis plus vite, le sable se mit à remonter dans la partie du haut. C'était incroyable...

— Félicitations Perséphone ! tonna le commentateur, me faisant sursauter. Tu viens de sauver la vie d'un meurtrier condamné !

— Quoi ? m'étonnai-je en me retournant face au petit homme blond qui se tenait à seulement trois mètres derrière moi.

— Cet homme est un Titan, m'apprit-il. Il a tué plus de cinquante personnes, avant d'être traduit en justice par le magnifique Thésée.

Il fit un geste majestueux en direction du bel homme aux dreadlocks qui était venu me parler plus tôt, et tout le monde applaudit. Thésée hocha la tête en souriant à tout le monde, levant son verre.

— Après le repas qui s'apprête à être servi, commencera le deuxième test ! annonça le commentateur. À tout à l'heure, et bon appétit !

Hécate s'approcha de moi en levant son verre, tandis que tout le monde se remit à parler avec enthousiasme.

— Bravo, Persy !

— C'est un meurtrier condamné ? lui demandai-je, bouche bée.

— Oui ! fit-elle en haussant les épaules. Quel est le problème ?

J'étais stupéfaite et la regardai un instant en silence, les yeux écarquillés. Je n'étais pas sûre de ce que je voulais dire exactement, mais tout cela me semblait n'avoir aucun sens.

— Ce n'est pas comme ça que nous traitons les criminels dans mon monde, finis-je par dire.

— Si cela te choque, je te conseille de ne pas visiter

certaines des zones les plus sombres des Enfers, dit-elle en haussant un sourcil. Les Olympiens sont connus pour punir les coupables de manière assez... originale !

Je cherchai le satyre. J'avais besoin d'un verre de ce vin pétillant.

— Madame ! dit une petite voix.

Un plateau apparut devant moi.

— Merci, dis-je en prenant un verre. Comment savent-ils lorsque nous voulons boire un verre ? demandai-je à Hécate.

— C'est leur travail et ils sont tous très doués, me répondit-elle. Mais ce ne sont pas les seuls à être doués : tu as été incroyable ! Je suis certaine que tu as impressionné les juges.

Je haussai les épaules en prenant une longue gorgée de vin. C'était délicieux – exactement ce qu'il me fallait – et je remerciai les dieux en silence. Je devais néanmoins veiller à ne pas trop boire si je voulais être en mesure de réussir les tests suivants...

Par-dessus l'épaule d'Hécate, je découvris que de nombreuses tables rondes étaient apparues, toutes luxueusement dressées pour huit personnes, avec des nappes rouge écarlate. En apercevant les nombreuses pièces d'argenterie qui entouraient les grandes assiettes et les bols noirs, je compris mieux pourquoi Hédoné avait insisté sur l'importance pour moi d'apprendre les bonnes manières.

Un gong retentit et les convives commencèrent à se diriger vers les tables.

— Table du haut, me chuchota Hécate, alors que je regardais de part et d'autre essayant de savoir quelle était ma place. Tu es sur la table du haut !

Elle m'indiqua une table de forme oblongue au milieu de la pièce.

— Et toi, où es-tu assise ?

— Avec toi ! me sourit-elle. Il y a quelques avantages à être l'employée préférée du patron ! me répondit-elle avec un clin d'œil.

— Merci les dieux ! soufflai-je.

Je me sentais soulagée de l'avoir près de moi.

— Bravo, tu as dit *les dieux* ! s'extasia-t-elle en trinquant son verre avec le mien. Tu progresses !

— En parlant des dieux... Vont-ils s'asseoir à la table du haut avec nous ?

— Non, ils ne mangent pas avec nous. Nous sommes des personnes inférieures ! Partager la table des dieux lors d'une fête est la plus haute marque de respect qu'un citoyen puisse recevoir.

— Et qu'en est-il de déjeuner avec un dieu ? demandai-je, repensant aux fruits et aux beignets que j'avais mangés à la table de Zeus.

Il n'avait certainement pas fait cela pour me montrer du respect...

Hécate se mit à rire, vraisemblablement amusée par la confusion qui devait se lire sur mon visage.

— Non. Un dieu qui essaie de te mettre la main aux fesses autour d'un petit rafraîchissement n'est pas la même chose. Je parle de repas de fête, comme celui de ce soir.

— Alors, où mangent-ils ? m'enquis-je alors que nous nous dirigions vers notre table.

— Personne ne sait, et tout le monde s'en fiche ! lança-t-elle en haussant les épaules.

Lorsque nous arrivâmes devant notre table, je remarquai que nos places étaient indiquées par de petites cartes noires portant nos noms. Je repérai ma place, et Hécate se déplaça de l'autre côté de la table. Elle s'assit mais je restai debout, comme on me l'avait appris. Avant de m'asseoir, je devais saluer toutes les personnes qui étaient à ma table.

— Perséphone, quel plaisir de te rencontrer ! dit un homme en me tendant la main.

Mes lèvres s'entrouvrirent et je sentis mes joues se réchauffer alors que mes doigts touchaient les siens. Il était *magnifique*. Ce n'était pas une beauté mystérieuse comme celle de Morphée, ni une beauté trop figée comme celle de Zeus. Non, c'était une beauté franche, virile. Une beauté qui donnait le vertige. On aurait dit un joueur de football américain, avec une chemise blanche soulignant ses larges épaules, et un pantalon taille basse qui attirait inexorablement le regard sur ses hanches. Je relevai les yeux vers son visage : ses cheveux blonds et bouclés entouraient délicatement son visage, mettant en valeur ses yeux bleus et intensément brillants.

— Bon-... Bonjour ! bafouillai-je. Tout le plaisir est pour moi...

— Merci de m'avoir invité ! Je m'en serais voulu de rater une telle soirée !

Mes genoux tremblaient face à son sourire envoûtant. Il commença à se diriger vers une chaise, mais je l'arrêtai.

— Je n'ai pas compris ton nom, dis-je rapidement.

— Oh, je suis désolé... Je n'ai pas le droit de te le dire, s'excusa-t-il.

— Pourquoi pas ?

Il haussa les épaules.

— La faute aux règles du jeu, pas à ceux qui les suivent..., déclara-t-il avec un clin d'œil.

La fascination qu'il exerçait sur moi disparut aussitôt, laissant place à l'agacement. Je commençais à trouver ces dieux carrément pervers et vicieux... Cela était-il un nouveau test ?

Une par une, les personnes qui partageaient ma table vinrent me saluer, les hommes embrassant ma main, et les femmes me faisant une révérence polie, mais aucun n'accepta de me donner son nom. Je ne connaissais donc personne, à l'exception d'Hécate et de la femme portant le masque avec la plume bleue et la dentelle blanche. Malheureusement, j'avais oublié son nom. J'avais été présentée à tellement de personnes que tout se mélangeait dans ma tête.

— Que le festin commence ! retentit une voix.

Aussitôt, une quantité incroyable de fruits apparut dans toutes les assiettes. Je m'installai à ma place, saisis la bonne fourchette, et pris une profonde inspiration. Je ne devais pas baisser la garde une seule seconde – je savais que quelque chose était en train de se passer.

VINGT-TROIS

— Alors ! commençai-je d'un ton aussi enjoué que possible en m'adressant à la femme assise à ma droite. D'où viens-tu ?

Elle était très belle, comme tout le monde ce soir-là, avec des cheveux bouclés et argentés qui tombaient sur ses épaules, et des taches de rousseur sur ses joues rebondies.

— Du Lion, rétorqua-t-elle en souriant.

Le Lion... C'était le royaume de Zeus.

— Es-tu une déesse ?

— Il n'y a que des dieux et des déesses, ce soir. À part toi...

Je regardai la femme qui venait de parler. Elle était assise à côté d'Hécate, qui la dévisageait. Son masque noir et rouge, barré de lignes géométriques, me rappelait les masques de lutte mexicains. Elle avait une montagne de cheveux noirs bouclés au sommet de sa tête, et elle portait une robe dont le corset parfaitement ajusté mettait en valeur ses seins massifs – à tel point qu'il était difficile de ne pas les fixer.

— De quoi es-tu la déesse ? lui demandai-je avec un sourire forcé.

— Je ne peux pas te le dire, répondit-elle calmement en haussant les épaules, avant d'avaler un morceau de saumon – les poissons ayant été servis. Qu'est-ce que c'est ? demanda-t-elle avec dégoût. Est-ce que cela vient de ton monde de merde ?

Je sentis ma mâchoire se contracter, mais je me forçai à continuer de sourire.

— C'est du saumon fumé. Et oui, c'est assez populaire dans le monde des mortels.

— Eh bien, ça a un goût de merde ! déclara-t-elle.

J'inspirai lentement par le nez et me tournai vers le seul autre homme à table, lequel n'avait pas encore dit un mot. Il semblait la personne la plus modeste de la soirée. De taille normale – *humaine* – il avait une toge de style traditionnel qui ne montrait pas trop sa poitrine, des cheveux bruns coupés de manière classique, et un simple loup argenté sur les yeux, sans plume ni aucun autre ornement. Son visage, tout à fait commun, arborait un air impassible.

— Et toi, d'où viens-tu ? lui demandai-je.

Il leva les yeux sur moi, et ce fut comme si un feu se déclara en moi. Des cris résonnèrent dans ma tête, d'abord lointains, puis plus forts, tandis que des flammes envahirent ma vision. Puis l'horreur disparut aussi vite qu'elle était apparue. J'étais épuisée, et n'avais aucune idée de ce que l'homme en face de moi venait de me dire.

— Je... Je suis désolée. Pourrais-tu répéter ? balbutiai-je en clignant des yeux, le cœur toujours battant.

Hadès venait-il de se mettre en colère contre quelqu'un, quelque part ? Pourquoi cela m'affectait-il ? Il n'était même pas là !

— Je viens d'un endroit que tu ne connais pas, me dit l'homme.

Son air était toujours aussi neutre, mais ses yeux bruns brillaient d'une lueur surnaturelle. Ils étaient... *sombres*. Venait-il de provoquer cela ?

— Oh..., fis-je, ne sachant pas quoi répondre d'autre.

— Par tous les dieux, tu as l'air si triste ! lui lança la femme aux gros seins en roulant des yeux.

L'homme lui adressa un minuscule sourire et se remit à manger son saumon.

La femme soupira alors de manière exagérée.

— Si je peux être honnête, Perséphone, je suis un peu déçue...

— Je suis désolée d'entendre ça, dis-je en essayant de ne pas exploser. Comment puis-je faire en sorte d'améliorer ta soirée ?

— Eh bien, j'avais espéré qu'Océanos serait là. Il y a un grand rassemblement la semaine prochaine, et on dit partout qu'il en sera la vedette. J'avais prévu de lui poser quelques questions...

Son regard était arrogant derrière son masque et, plus je les regardais, plus elle m'énervait.

— J'aurais moi aussi beaucoup aimé qu'Océanos soit présent, ce soir, mais j'ai peur de ne pas pouvoir agir sur la volonté des Titans.

— En tout cas, tu as l'air de bien t'entendre avec celle-ci, me fit-elle remarquer en pointant le pouce vers Hécate.

— Attends... Quoi ?

Je fixai Hécate, abasourdie. Elle avait la bouche pleine, et me regarda en haussant les épaules.

— Tu es un Titan ?

La femme aux gros seins ricana.

— Elle est l'un des êtres les plus puissants de cette pièce. Évidemment qu'elle en est un !

— Pourquoi ne me l'as-tu jamais dit ? lui demandai-je.

Ce n'était peut-être pas important, mais je ne pouvais m'empêcher de me sentir trahie, même si elle n'avait aucune raison de tout me dire d'elle. Mais les Titans n'étaient-ils pas tous censés être dans un gouffre de torture ?

— Eh bien... Tu ne me l'as jamais demandé. Mais, en quoi est-ce important ?

— Oh Hécate, même les pauvres mortels du monde des humains savent que les Titans sont des perdants, répondirent les gros seins à ma place.

Je lui lançai un regard noir, mais Hécate toussa et me regarda avec de gros yeux.

— Je descends des Titans, c'est vrai. Hadès fait travailler beaucoup de Titans. Mais ça ne va pas plus loin. Est-ce que l'on peut passer à autre chose, maintenant ? Comment va ta mère ? demanda-t-elle au bel homme assis à côté d'elle et qui était en train de scruter le hot-dog tout juste apparu dans son assiette.

— Qu'est-ce que c'est ça ? me demanda-t-il.

— C'est un hot-dog, répondis-je, rougissant au simple fait de poser les yeux sur lui.

— Qu'est-ce que c'est ce truc jaune ?

— De la moutarde.

Il s'empara de son couteau, et je ne pus m'empêcher de rire.

— Non, comme ça ! lui montrai-je en prenant mon hot-dog entre les mains.

Je mordis dedans. Il avait un goût divin, et je ressentis instantanément le mal du pays. *Je serais à la maison bien assez tôt*, me dis-je pour me réconforter.

Tout le monde autour de la table prit son hot-dog et se mit à le manger à pleines dents, et avec un plaisir évident.

— Maman va très bien, merci beaucoup, dit soudain le mec sexy en se tournant vers Hécate. Elle attendait ce soir avec impatience. Je crois qu'elle a une petite surprise pour tout à l'heure...

— Qui est ta mère ? demandai-je.

— Ma chère Perséphone ! Je suis tellement désolé de ne pas pouvoir répondre à aucune de tes questions, s'excusa-t-il.

Son regard sur moi me déstabilisait totalement. Rarement un homme ne m'avait fait un tel effet...

— Mais je suppose que ce n'est pas tricher de te dire qu'elle est une Olympienne, ajouta-t-il avec un clin d'œil.

Les gars qui font des clins d'œil ne sont pas ton genre. Les gars qui font des clins d'œil ne sont pas ton genre, me répétai-je pour ne pas perdre complètement pied, le remerciant d'un signe de tête.

— Donc, tu as vécu à New York ? me demanda la dame au masque bleu que j'avais rencontrée plus tôt.

— Oui, tu connais cette ville ? lui demandai-je avec enthousiasme.

C'était la première fois que quelqu'un me parlait de ma vie d'avant.

— Oui, très bien ! C'est un royaume qui s'anime la nuit.

J'aimais l'idée que New York soit un royaume, et je lui souris chaleureusement.

— En tout cas, si tu gagnes les Épreuves d'Hadès, tu peux dire adieu aux villes éclairées par le clair de lune, intervint la dame aux gros seins. Tu pourras aussi dire adieu à la lumière du soleil, ajouta-t-elle avec un rire narquois.

Pourquoi cette femme était-elle si pénible ? Elle devait être l'une de celles contre lesquelles Hédoné m'avait mise en garde, le genre à s'éclipser, plus tard dans la soirée, avec un homme marié. Je décidai que, si c'était le cas, je ne la couvrirais pas...

Soudain, le gong retentit à nouveau, me tirant de mes pensées. Le commentateur prit la parole.

— Bonsoir Olympe ! J'espère que tout le monde apprécie le repas ! Avant le dessert, je vous propose un petit intermède, le temps du deuxième test de Perséphone !

Un nouveau sablier, beaucoup plus petit, se matérialisa à côté du premier, lequel contenait toujours le meurtrier inconscient. Je regardai à travers attentivement. Je crus d'abord qu'il était vide, jusqu'à ce qu'une femme apparaisse dans la moitié inférieure. Elle était à genoux, la tête penchée sur le côté, ses cheveux noirs tombant sur sa poitrine. En la voyant, je sentis mon estomac se nouer. Alors que je commençais à me détendre, je fus prise de nausée à l'idée de commencer un autre jeu sordide. Décidément, tous ces gens étaient complètement fous !

— Comme vous pouvez le voir, ce sablier est plus petit, ce qui signifie que Perséphone aura beaucoup moins de temps.

Le commentateur m'adressa un sourire rayonnant, puis disparut, avant de réapparaître avec un petit flash de lumière juste à côté de moi. Je fis de mon mieux pour ne pas montrer mon agacement et la tension que je ressentais, et pris la petite boule dorée qu'il me tendit.

— Pour réussir ce test et sauver la vie de cette femme, tu vas devoir démonter cette clé, et attribuer chaque pièce qui la constitue à une personne de ta table correspondante. Tu ne pourras évidemment poser aucune question. Tu es prête ?

— Euh...

Mais avant que j'aie le temps d'en dire davantage, il reprit la parole.

— Très bien ! Alors, commençons !

Instinctivement, je regardai le sablier et ma respiration se coupa lorsque je constatai la vitesse à laquelle le sable s'écoulait. Le trou entre les deux parties était plus grand que le précédent, et la base du sablier était déjà complètement recouverte. À ce rythme-là, j'avais à peine cinq minutes avant que la femme ne soit complètement ensevelie ! Je me retournai vers la table. Il régnait un silence assourdissant tandis que tous les regards étaient rivés sur moi. J'observai la boule que je tenais entre les doigts ; il n'y avait rien dessus : aucune marque, aucune inscription, ni aucun motif. Qu'étais-je censée en faire ? Je me souvins de la boule d'argent qui m'avait été donnée lors du test précédent : trois anneaux étaient gravés sur sa surface. Je levai la boule devant mes yeux, imaginant des anneaux gravés, comme sur l'autre. *Bingo !* À mon grand soulagement, il y eut un déclic et je sentis un léger mouvement. Je pressai légèrement la boule à plusieurs endroits et, finalement, elle se sépara en plusieurs morceaux dans mes mains, mais deux m'échappèrent et tombèrent dans mon assiette avec un bruit qui me fit sursauter. Je me sentis rougir. *Fais comme si tu t'en foutais*, pensai-je en essayant de m'accrocher au regard encourageant d'Hécate que je sentais sur moi. *Qu'est-ce que ça peut faire si tout l'Olympe pense que tu es maladroite ? Ce qui compte, c'est que tu sauves la vie de cette femme !*

Je déposai tous les morceaux sur la table. C'était presque comme ouvrir un œuf de Pâques... Je retournai les morceaux dans mes mains à la recherche d'indices. Il y avait cinq pièces, ce qui était logique puisque j'avais à ma table cinq convives que je ne connaissais pas, si j'excluais Hécate.

Je portai l'un des morceaux devant mes yeux et l'observai du mieux que je pouvais, malgré le manque de lumière dans la pièce. Je remarquai alors un minuscule croissant de lune peint à l'intérieur. Je le posai et, jetant un coup d'œil aux hôtes silencieux assis à côté de moi, je pris un autre morceau. Après quelques secondes d'observation, je remarquai qu'il y avait un tout petit cœur traversé d'une flèche gravé dessus. J'inspectai ensuite les trois autres morceaux, aussi vite que possible, et découvris sur le premier un crâne, sur le deuxième un bol fêlé, et sur le troisième ce qui ressemblait à une fontaine. *Allez Perséphone, concentre-toi !* Cinq symboles ; cinq invités. Ils n'avaient pas voulu me donner leur nom, ni me dire de quoi ils étaient le dieu ou la déesse... Il y avait forcément un lien avec les symboles...

Je me retournai et regardai le sablier. Le sable était déjà à la taille de la femme. *Concentre-toi !* me répétai-je.

Dans mon monde, le cœur et la flèche étaient le symbole de Cupidon. Je ne me souvenais plus de son nom grec, mais je savais qu'il était le dieu de la luxure et le fils d'Aphrodite. Il ne faisait aucun doute qu'il devait s'agir de l'homme que je trouvais magnifique : il avait évoqué sa mère olympienne, et le simple fait de le regarder mettait en éveil tous mes sens comme cela ne m'était jamais arrivé auparavant... Sans réfléchir davantage, je pris le morceau avec le cœur dessus et le tendis au grand blond bouclé en face de moi. Il le prit en me souriant, et la voix du commentateur résonna dans toute la pièce, bien qu'il ne soit plus visible.

— Gagné ! Éros, dieu du désir et du sexe !

Je soupirai de soulagement en remerciant les dieux. Mais celui-ci était facile… Pour les autres, ça risquait d'être moins évident.

Je pris ensuite le morceau avec le crâne. Aussitôt, je me tournai vers l'homme ordinaire – celui dont le regard m'avait fait voir des flammes et entendre des cris. Sans me donner le temps d'hésiter, je lui tendis le morceau avec le crâne – il le prit d'un air impassible, et le commentateur s'enthousiasma à nouveau.

— Gagné ! Thanatos, dieu de la mort !

Un frisson me parcourut en réalisant que j'avais dîné à côté du dieu de la mort sans le savoir.

Je mis de côté cette pensée inutile, et pris un autre morceau. La lune. Je regardai les trois femmes qui restaient, et la conversation que j'avais eue avec la femme au masque bleu me revint à l'esprit. « *C'est une pierre de lune* », m'avait-elle dit alors que j'admirais sa bague.

— Séléné ! m'exclamai-je à voix haute, me souvenant de son nom.

Elle m'avait dit qu'elle aimait New York parce qu'elle prenait vie la nuit – elle devait sans doute être la déesse de la lune ou de la nuit ? Avec une profonde inspiration, je lui passai le morceau avec la lune dessus, et elle le prit en m'adressant un immense sourire.

— Gagné ! lança le commentateur, tandis que je fermai les yeux de soulagement. Séléné, déesse de la lune !

Je regardai le sablier. Le sable commençait à peine à recouvrir la poitrine de la femme. Il ne me restait plus que quelques minutes, j'en étais sûre. Mes paumes devinrent moites, et l'adrénaline décupla ma concentration. Je pris les deux derniers morceaux : un bol cassé et une fontaine.

Me mordant la lèvre, je regardai tour à tour la jolie jeune femme du Lion et celle aux gros seins avec sa montagne de cheveux sur la tête. Je n'avais aucune idée de ce que signifiaient les symboles. Un bol cassé... Y avait-il une déesse des objets cassés ? Et la Fontaine ... Il ne pouvait pas y avoir une déesse de la mer ou de l'eau, puisqu'il y avait déjà Poséidon... J'essayai de penser à des fontaines célèbres, mais rien ne me vint à l'esprit. Que pouvait signifier le bol cassé ? Peut-être simplement le désordre, le chaos ? Dans ce cas, ce symbole devait appartenir à la sorcière faiseuse de troubles ? *Si tu te trompes, une femme meurt.* Je fermai les yeux. Je transpirais maintenant abondamment. J'avais beau réfléchir, je ne voyais pas quelle était la bonne réponse.

VINGT-QUATRE

Suivez ton instinct, Perséphone ! La jolie jeune femme n'était pas à l'image de quelque chose de cassé. En revanche, la femme grossière et incisive, elle, l'était. J'ouvris les yeux et, avec une profonde inspiration, je tendis le morceau avec le bol cassé aux gros seins. Elle me fixa une seconde puis, la mine renfrognée, finit par prendre le morceau. Je soupirai en laissant retomber mes épaules et la pression. Puis je donnai le dernier morceau à la jeune femme, qui me sourit.

— Gagné ! Éris, déesse de la discorde, et Hébé, déesse de la jeunesse !

Alors, chaque dieu et chaque déesse tendit le morceau que je lui avais donné. Émerveillée, je vis les morceaux, brillant d'une lumière violette, flotter jusqu'au centre de la table, où ils se rejoignirent pour reformer la boule initiale qui, cette fois, avait les trois anneaux gravés autour d'elle. Aussitôt, je me levai et la pris dans ma main, puis me précipitai vers le sablier. Le sable avait atteint les épaules de la femme et n'était qu'à quelques centimètres de son menton. Je m'accroupis devant la paroi en verre,

cherchant le trou pour mettre la clé. Il n'y avait rien...
Même pas une inscription !

— Où dois-je mettre la clé ? demandai-je à voix haute,
paniquée, alors que je me relevai.

Je balayai désespérément du regard le cadre du sablier.
Toujours rien. Pas le moindre indice. Personne ne
répondit à ma question et mes yeux se posèrent sur le
visage de la femme. Le sable dépassait maintenant son
menton et couvrirait sa bouche en quelques secondes.

— Où est-ce que ça va ? criai-je, le ventre noué.

Jouant le tout pour le tout, je passai frénétiquement
ma main sur le cadre en métal. Lorsque j'atteignis le haut
du sablier, je sentis quelque chose de chaud. Je me calmai,
essayant de me concentrer à nouveau, et tâtonnai. Je
n'étais pas assez grande pour voir le dessus du sablier,
mais j'étais certaine de sentir quelque chose de creux. Je
jetai un dernier regard au visage de la femme ; le sable
recouvrait sa lèvre inférieure. Je n'avais plus de temps à
perdre : je tendis la main et hissai la boule sur le haut du
sablier. Je retins mon souffle. Enfin, j'entendis le bruit du
métal sur du métal, et je fus certaine que c'était le bruit du
roulement à billes. Puis il y eut un bruit sourd et, tout d'un
coup, le sable dans la partie du sablier remonta dans la
partie supérieure. Avant que je n'aie le temps de faire quoi
que ce soit, la femme était dégagée. Je regardai sa poitrine
avec anxiété, et ce ne fut que lorsque je la vis respirer que
je respirai moi-même à nouveau. Elle était vivante !

Une salve d'applaudissements emplit la salle, et j'entendis
Hécate pousser un grand cri de joie. J'aurais dû être flattée,

mais cela me mit au contraire hors de moi. *Ces gens sont vraiment tous cinglés !* pensai-je en serrant les poings pour tenter de contenir mes émotions. Une femme avait failli mourir sous leurs yeux, et ils applaudissaient comme s'ils venaient d'assister à un match de tennis ! Même Hécate, ma seule amie ici, ne semblait pas comprendre à quel point c'était choquant. *Tu es dans un autre monde ! Fais en sorte que tout cela se termine et que tu puisses rentrer chez toi !* me réconfortai-je.

Je me tournai vers l'assemblée, consciente que le sourire figé sur mon visage devait ressembler davantage à une grimace, mais j'étais incapable de mieux.

— Ils sont complètement malades ! grognai-je en serrant les dents et en bougeant à peine les lèvres.

Je souriais, mais j'avais besoin d'extérioriser ma pensée pour me sentir mieux.

— *Tu as raison. Mais tu fais du bon travail,* dit une voix dans ma tête.

Mon sourire disparut.

— Hadès ?

Je projetai ma pensée sur lui, utilisant l'image de sa forme enfumée pour lui faire parvenir le mot.

— *Oui.*

— Où es-tu ?

Plus personne ne me regardait. D'énormes pots de yaourt glacé avaient été servis et tout le monde était occupé à manger.

— *En train de regarder.*

— Tu reviens ?

— *Oui.*

— Tu... Tu m'as aidée avec les autres Épreuves.

— *Oui. Mange ton dessert !*

Je pris une longue inspiration et retournai lentement vers la table.

— Beau travail, Perséphone ! me complimenta Éros.

— Merci, dis-je distraitement.

— Hou... La petite mortelle n'a pas l'air contente..., ricana Éris, ses yeux brillant derrière son masque. Qu'est-ce qui ne va pas, Mademoiselle parfaite ?

— Éris, laisse-la tranquille ! aboya Hécate, avant d'avaler une cuillérée de yaourt. Persy, ce truc est incroyable ! Je comprends maintenant pourquoi la cuisine américaine te manque...

— C'est en effet délicieux, renchérit la femme, dont je savais maintenant qu'elle s'appelait Hébé.

Je me tournai vers elle, ignorant délibérément la déesse de la discorde.

— Si je peux me permettre, Hébé, pourquoi la fontaine te représente-t-elle ? lui demandai-je poliment.

— C'est la fontaine de jouvence, répondit-elle gaiement. C'est vrai que ce n'était pas forcément évident, mais je suis heureuse que tu aies réussi à trouver !

— Merci, murmurai-je, plongeant sans enthousiasme ma cuillère dans mon bol de yaourt.

Mon appétit avait disparu.

— En fait, repris-je plus fort, je n'ai pas vraiment trouvé. Disons plutôt que je savais que tu ne pouvais pas être associée à un bol brisé !

Il y eut comme une inspiration collective, et je levai les yeux vers Éris. Ses traits étaient tendus, ses lèvres pincées, et son regard noir.

Une semaine plus tôt, un tel regard m'aurait terrifiée. Je me serais confondue en excuses. D'ailleurs, non, car une semaine plus tôt, je n'aurais jamais osé dire une chose pareille !

Mais j'étais à bout.

J'étais en colère, j'avais peur, et j'en avais marre d'être utilisée comme une marionnette pour divertir la foule. J'avais besoin de calmer mes nerfs, et la seule personne à laquelle je pouvais m'en prendre pour l'instant était la harpie assise en face de moi. Je n'allais pas m'en priver !

— C'est vrai, je suis associée à un bol brisé, dit Éris d'une voix ronronnante. Car *je* suis brisée. Tu n'as pas idée de combien je suis brisée, et combien j'aime briser les autres.

— Je crois que j'ai une petite idée, quand même, sifflai-je. J'ai rencontré tellement de gens comme toi, depuis que je suis ici, que je commence à être habituée !

— Naïve que tu es... J'ai bien peur que tu ne te méprennes. Tu n'as encore rencontré personne comme moi. À l'exception de celui pour lequel tu es en compétition.

J'avais envie de lui arracher les yeux. Hadès n'était pas un tyran. Certes, il pouvait faire peur, mais il n'était pas comme elle, ni comme Menthé, Érèbe, ou Zeus. J'en étais absolument certaine. J'ouvris la bouche pour répondre, mais ma raison m'en empêcha, *in extremis*. J'étais l'hôtesse de la soirée, et je devais me montrer plus intelligente qu'Éris. Car je savais ce qu'elle était en train d'essayer de faire, mais il était hors de question que je fasse un scandale à ma propre fête. Il était hors de question qu'elle gagne.

Je lui adressai un sourire calme en la regardant dans les yeux, puis reculai ma chaise et me levai. Instantanément, tous les regards se tournèrent vers moi, et je levai mon verre et pris la parole avant qu'Éris puisse prononcer le moindre mot.

— Il est maintenant l'heure de danser ! annonçai-je.

Je reçus une véritable ovation, qui me fit réaliser à quel point les applaudissements que j'avais entendus lorsque j'avais sauvé les deux personnes de leur sablier avaient été ridiculement faibles. Ils me donnaient la nausée... J'avais besoin d'air, mais il n'y avait aucun accès vers l'extérieur dans ce maudit souterrain ! Je commençai à suffoquer de plus en plus tandis que l'une des règles qui m'avaient été imposées tambourinait dans ma tête. *Tu ne pourras pas quitter le bal.* J'étais coincée ici, avec tous ces fous. Mon cœur se mit à trembler dans ma poitrine, ma respiration devenant de plus en plus faible. *Calme-toi, ne panique pas,* m'ordonnai-je, en parcourant la pièce des yeux. Il devait forcément y avoir un endroit calme où je pouvais me réfugier... Je me dirigeai vers le mur du fond, celui en face des sabliers, prenant soin, malgré mon angoisse et la sueur qui coulait le long de ma colonne vertébrale, de sourire à tous ceux que je croisais. Lorsque j'arrivai vers le mur, à un endroit où les colonnes étaient plus proches les unes des autres, il n'y avait personne. Enfin, je pus souffler ; je m'appuyai contre le marbre froid d'une colonne, et respirai lentement et profondément. Quelqu'un allait certainement arriver dans peu de temps, mais ces quelques minutes me faisaient déjà beaucoup de bien. C'était exactement ce dont j'avais besoin pour me ressaisir.

Je réussis à oublier le fait que j'étais coincée sous terre avec toute une bande de meurtriers en tenue de soirée, mais l'idée que je ne pouvais pas sortir de cet endroit sordide ne me quittait pas. J'avais l'impression que la pièce se refermait sur moi. Si j'avais été chez moi, je serais sortie, tout simplement. L'air frais m'aurait apaisée et vidé la tête. Mais, ici, sortir était tout simplement impossible.

— Quel endroit de merde ! maugréai-je. Je ne sais pas comment ils peuvent vivre sans un extérieur !

— Je te l'ai dit, il y a un extérieur. Tu y es allée, d'ailleurs...

La voix d'Hadès me fit sursauter et, pendant une fraction de seconde, je crus que c'était dans ma tête, mais une fumée noire se répandit soudain devant moi.

— Tu parles ! Je ne dirais pas qu'un pont transparent est un extérieur... Je ne sais même pas qui a pu inventer un truc pareil ! Quant à votre extérieur, il est immonde ! Il n'y a rien, pas même du vent !

Je sortais les mots de ma bouche avant qu'il ne se matérialise devant moi. J'étais moins intimidée devant une fumée que devant son apparence humaine.

— Nous n'avons pas besoin de vent, répondit-il finalement d'un ton défiant.

La fumée cessa de danser et s'immobilisa, prenant la forme d'un homme.

— Moi j'en ai besoin ! marmonnai-je en baissant les yeux et en fixant le sol avec colère.

L'orchestre se mit à jouer de la musique de mon monde.

— Tu es en colère ? me demanda Hadès.

— Oui. Je suis contrariée !

— Pourquoi ? Tu t'en sors très bien..., me dit-il doucement.

Je levai la tête vers lui, cherchant ses yeux, tandis que des larmes brûlantes commençaient à emplir les miens. Je les empêchai de couler ; pleurer ne me servirait à rien, qu'à m'affaiblir encore davantage.

— Qui est-elle ? murmurai-je.

— Qui ?

Je plantai mon regard dans le sien.

— Qui ? À ton avis ? La femme qui a failli mourir pour vous divertir !

Il se tourna et regarda vers le sablier.

— Je ne sais pas, finit-il par dire.

— Tu ne sais pas ? repris-je, amère. Est-ce que sa mort t'aurait fait quelque chose ?

— Non. Je ne la connais pas.

Je secouai la tête, désespérée. Décidément, je ne comprenais rien à ce monde.

— Comment peux-tu être si égoïste, si insensible, si... meurtrier ?

La fumée se mit à clignoter, et un éclair d'argent apparut. Des images de serpents m'assaillirent, me glaçant le sang.

— Tu t'adresses au roi des Enfers, tonna-t-il. Le seigneur des morts ! J'existe depuis toujours et suis tout-puissant. J'ai été témoin de choses que tu ne peux même pas imaginer...

Instinctivement, je me plaquai contre la colonne alors que la forme enfumée grandissait.

— Si tu avais vécu ce que j'ai vécu, si tu avais vu les choses que les autres dieux se sont faites les uns aux autres, les choses qu'ils ont faites autour d'eux... Ton discours serait bien différent !

Je le regardai, bouche bée. Était-il vraiment en train de blâmer les autres dieux ?

— Alors tu n'es pas aussi cruel qu'eux ? chuchotai-je.

— Si, Perséphone. Je le suis. En fait, je suis même pire que la plupart d'entre eux.

Les mots d'Éris me revinrent à l'esprit. *Tu n'as encore rencontré personne comme moi. À l'exception de celui pour lequel tu es en compétition.*

— Pourquoi ? Est-ce que tu aimes... la mort ?

Je prononçai à peine les mots, car je savais que je ne voulais pas entendre la réponse. Hadès clignota si rapidement que je ne vis presque plus rien.

— Je n'ai pas choisi d'être qui je suis. Mais c'est ainsi. Et j'assumerai mon rôle.

Qu'est-ce que cela voulait dire ?

— Ce n'est pas une réponse, insistai-je.

Il y eut une longue pause. Mon cœur battait si fort que j'étais certaine qu'il l'entendait, par-dessus la musique.

— Non, dit-il finalement d'une voix plus calme, comme si sa colère s'était évaporée. Je n'aime pas la mort. Mais c'est mon monde. Mon destin de dieux. Si j'y étais aussi sensible que vous, les humains, je serais vraiment un bien piètre roi...

Je fronçai les sourcils, me redressant légèrement contre la colonne.

— « Vous les humains »..., répétai-je. Mais je n'étais pas humaine avant.

De nouveau, j'eus du mal à respirer et eus l'impression d'étouffer, comme si j'étais séparée de mon être profond.

— Je n'ai pas pu être aussi indifférente à la mort que toi. J'en suis sûre ! m'exclamai-je.

Je pouvais entendre le ton suppliant dans ma voix, et je réalisai alors ce qui me faisait si peur. Ce que je craignais encore plus que lui et ce monde.

Et si moi aussi j'avais été comme tous ces gens ?

Après tout, je venais de là. Cet homme avait été mon mari. M'étais-je moi aussi réjouie de la souffrance des gens ? En regardant le visage d'Hadès, j'avais l'impression de ne plus savoir qui j'étais.

Une larme glissa le long de ma joue.

Soudain, la fumée du corps d'Hadès sembla jaillir de toute part et, avant même que j'aie pu comprendre ce qu'il m'arrivait, je me retrouvai dans une bulle noire et brumeuse. Je regardai autour de moi, paniquée. Je ne pouvais plus entendre la musique, ni aucun autre bruit, et je ne voyais absolument rien.

— Qu'est-ce...

Ma voix se coupa lorsque je découvris Hadès. C'était *lui*. Le vrai lui. Celui qui était sous la fumée. Mon souffle se coupa et je sentis le désespoir m'envahir alors que je fixais son visage. Dans ses yeux argentés tourbillonnants, je compris qui il était. *Chez moi. Il était chez moi. Il était à moi.*

J'essayai de rassembler mes esprits, en vain. J'étais perdue, entre deux mondes et entre deux vies.

— Tu n'as jamais été cruelle, Perséphone. Tu étais juste et gentille, et je...

Il s'interrompit, et une profonde tristesse apparut sur son beau visage. Je m'avançai vers lui, sans réfléchir, et il leva la main vers ma joue. Puis, lentement, il passa son pouce sur ma peau, essuyant mes larmes. C'était comme si son contact réveilla ce qui sommeillait en moi depuis si longtemps. Contrairement à ce que je pensais, sa peau était douce et chaude, et j'eus soudain envie de tout connaître de lui. J'en voulais plus.

— Je déteste cet endroit, murmurai-je.

Je le sentis tressaillir.

— S'il te plaît, je t'en supplie... Explique-moi comment tout ça a pu être chez moi. Car je sais que maintenant que cet endroit était chez moi. Que j'étais avec toi...

— Ça n'a pas toujours été comme ça. Ça l'était avant que tu viennes, et ça l'est redevenu après ton départ. Mais quand tu étais ici...

Il marqua une pause, plongeant son regard dans le mien.

— ...Tu as apporté la lumière et la vie, alors que

jamais je n'aurais cru cela possible.

Il parlait d'une voix rauque et chacun de ses mots faisait tomber un peu plus l'armure que je m'étais construite depuis mon arrivée à l'Olympe.

Il m'aimait. Je le voyais sur son visage. Je l'entendais dans sa voix brisée. Je le sentais à la façon dont il me touchait. Tout ce temps, toutes ces années seule à New York... Alors que quelqu'un, quelque part, m'aimait autant.

Et je ne l'avais jamais su.

VINGT-CINQ

En regardant Hadès, je ressentis comme un vertige. C'était un dieu. Le roi des Enfers, le seigneur des morts. Et il venait d'essuyer une larme sur ma joue.

— « La lumière et la vie », répétai-je, des papillons dans le ventre. Est-ce pour ça que tu m'as prise comme épouse ? Pour que j'apporte ici la lumière et la vie ?

— Pas tout de suite. Au début, je te voulais, *toi*.

Une vague de désir traversa mon cœur, et je vis une lueur différente dans son regard.

— Maudite Aphrodite, marmonna-t-il.

Je lui lançai un regard interrogateur et il soupira.

— Sa musique, son pouvoir... Elle le fait toujours dans les bals, et la fumée ne me protège que partiellement d'elle. Elle est puissante.

— L'amour est puissant, murmurai-je.

Il sourit légèrement.

— Tu vois... ? C'est ça son pouvoir ; elle nous rend tous les deux... tendres.

— « Tendres » ? m'étonnai-je.

C'était le dernier mot que j'aurais utilisé pour le décrire. Il portait les mêmes vêtements que la dernière fois : un jean et une chemise noire ouverte au niveau du col. Sa peau brillait et je n'avais qu'une envie : le toucher.

— Oui. Tendres et... passionnés. C'est à cause d'elle que nous sommes comme ça...

Je le regardai en inclinant la tête, essayant d'ignorer l'image que j'avais de lui, sans sa chemise.

— Et toi, quel est ton pouvoir ?

— C'est une grande question...

— Je te promets de ne plus t'en poser, si tu réponds à celle-ci.

— Mais j'ai déjà répondu à beaucoup de choses !

Il sentait le feu et la fumée de bois.

— Tu sens le feu de camp, lui dis-je.

— Tu aimes ?

— Oui.

Je m'approchai de lui. J'entendais à nouveau la musique et, sans m'en rendre compte, je balançai doucement mes hanches.

— Mais je n'aime pas le fait de ne pas contrôler mon corps, en revanche...

— Ne t'inquiète pas, Aphrodite ne te fera rien faire que tu ne souhaites pas au fond de toi, dit-il doucement.

Je scrutai son visage. Ses yeux brûlaient d'un désir ardent. Ils étaient profonds, brillants. À couper le souffle. Lentement, je tendis la main vers lui et caressai sa mâchoire. Un frisson me traversa, contractant tous mes muscles et répandant à l'intérieur de moi une douce chaleur. Je le désirais. Comme je n'avais rien désiré dans ma vie.

Il posa à son tour sa main sur mon visage. Sa respiration

était plus forte, plus courte. Puis, doucement, il approcha ses lèvres entrouvertes des miennes. Aussitôt, je fus consumée par le feu de la passion et du plaisir. Je sentais sa langue serpenter entre mes lèvres, et un désir me noua le ventre, si fort que c'était presque douloureux. Je glissai mes mains dans ses cheveux, l'attirant contre moi. Je voulais plus de lui. Sur la pointe des pieds, je plaquai mon corps contre le sien, tandis qu'il passa son bras dans mon dos et me souleva, ses lèvres dansant sur les miennes, puis glissant le long de ma mâchoire, jusque dans mon cou. Frissonnante, j'enroulai mes jambes autour de lui, le désir battant entre mes cuisses. Je ne pensai plus à rien ; j'étais ailleurs, uniquement concentrée sur le goût de ses lèvres et la douceur de ses cheveux.

— Tu m'as manqué, murmura-t-il contre ma peau. Tu m'as tellement manqué...

Je gémis, essayant de me souvenir de ma vie d'avant, des fois où nous nous étions embrassés. Mais rien ne me revenait.

— J'ai besoin de toi, soufflai-je.

Et c'était vrai. À ce moment-là, j'aurais tout donné pour le sentir en moi, pour que son corps fonde dans le mien, et pour laisser libre cours à mon désir violent.

Brusquement, il recula et me regarda d'un air presque sauvage.

— Mais tu ne m'aimes pas !

Je le fixai. Je n'avais jamais ressenti un tel désir pour quelqu'un. Mais était-ce de l'amour ? Non... Il avait raison : je ne l'aimais pas. Je le connaissais à peine. Et ce que je savais de lui était aussi contradictoire que déroutant.

Alors que je ne répondis rien, son visage se durcit et il me reposa au sol.

Je ne savais plus ce que je devais penser.

— Bien sûr que non, tu ne m'aimes pas. Tu n'es pas la femme que j'ai épousée. Tu es devenue quelqu'un d'autre...

Figée par mon désir pour lui, par mes sentiments confus, j'avais du mal à comprendre ce qu'il disait.

— Je suis Perséphone, dis-je d'un air distrait...

— Nous devons nous éviter cela. Tu ne peux pas rester ici ; ce serait de la folie.

— Quoi ?

J'avais l'impression d'avoir reçu un coup de poing dans le ventre. Je sentis une colère sourde monter en moi et se mêler à la passion.

— Tu m'en veux parce que je ne t'aime pas ? dis-je froidement, mon cœur tambourinant dans ma poitrine. Parce que je n'aime pas un homme que je viens de rencontrer ? Un homme entouré par la mort ?

Ses lèvres s'entrouvrirent et son regard devint noir. Je fis un pas en arrière. Je réalisai alors que la température avait chuté d'un coup et que j'avais la chair de poule. *Lorsqu'il fait froid, c'est que je fais exprès de faire peur,* m'avait-il dit.

— Et c'est pour ça que tu ne peux pas rester, siffla-t-il. Tu n'es qu'une humaine, après tout...

On aurait dit un serpent.

En une seconde, la fumée noire autour de nous s'éleva et se précipita vers lui, puis je me retrouvai à nouveau au milieu de la fête, la musique et les voix me frappant les oreilles.

— Hadès ! criai-je.

Mais c'était trop tard. Il avait disparu, me laissant seule avec mon désir inassouvi, ma colère, et ma confusion. Je ne revins à la réalité que lorsqu'Hécate me posa une main sur l'épaule.

— Je connais cette bulle de fumée, ricana-t-elle. Tu étais en train de baiser avec Hadès, je me trompe ?

Elle me regardait avec de grands yeux et un immense sourire.

— Tu es bourrée ? lui demandai-je.

— Ouais !

Je passai mes mains sur mon visage, essayant de dissiper le goût persistant d'Hadès, en même temps que le mélange d'excitation, de colère et de peur qui parcourait mes veines.

— Hécate, raconte-moi ce qui s'est passé avant. Pourquoi suis-je partie ? Pourquoi les dieux ont-ils fait en sorte que je n'aie aucun souvenir ?

— Persy, s'il te plaît..., commença-t-elle, mais je l'interrompis en étant plus ferme, cette fois.

— Hécate, je suis vraiment sérieuse. J'en ai assez !

Elle parut dessaouler d'un seul coup et me regarda en fronçant les sourcils, une main sur sa hanche.

— Ça ne s'est pas très bien passé avec ton petit amoureux, à l'époque, finit-elle par lâcher.

Je serrai les dents, l'exaspération me donnant l'impression que mon corps n'était pas assez grand pour contenir ce que je ressentais. J'étais prête à exploser.

— Raconte. Moi. Ce. Qui. S'est. Passé !

Je crachai les mots un à un, et Hécate semblait avoir presque peur.

— D'accord, d'accord... Mais si Hadès...

Ses paroles furent brusquement coupées par le gong qui retentit à nouveau.

— Non ! Non ! Non !

Mais ma fureur ne pouvait rien contre la voix du

commentateur, qui était clairement plus forte que la mienne.

— Est-ce que tout le monde est prêt pour le troisième et dernier test ? Je vous promets que, cette fois, vous allez vous amuser ! Où est notre hôte, Perséphone ?

Je fermai les yeux, essayant désespérément de ralentir mon rythme cardiaque, de me calmer. Encore un test. Juste un. Je devais le faire, ou quelqu'un allait certainement périr, enseveli par le sable.

En revanche, je me promis qu'après ce test, j'obtiendrais les réponses à mes questions. J'avais *besoin* de savoir.

Je marchai lentement et sereinement jusqu'au milieu de la pièce, essayant de ne pas laisser mon regard trahir mes émotions. Un nouveau sablier était apparu à côté des deux autres. Il était aussi grand que le premier et, à ma grande surprise, il était vide. Je l'observai attentivement, me demandant où était le piège. *C'est pour ça tu ne peux pas l'aimer*, me rappelai-je. *Parce qu'il se fout complètement que des gens meurent... En même temps, j'ai très envie de lui*, intervint mon autre moi – celle qui avait toujours été attirée par les hommes dangereux. Mais je savais, au fond, que c'était bien plus que ça. Je n'avais jamais rien ressenti d'aussi intense de toute ma vie.

— Perséphone, es-tu prête ? me demanda le commentateur qui se tenait à côté du sablier.

Je hochai la tête, même si je ne l'étais pas.

— Pour ton troisième test..., commença-t-il avant d'être interrompu par un fracas retentissant provenant des cuisines.

Tout le monde reporta son attention se tourna vers les

ténèbres qu'Érèbe gardait un peu plus tôt, et d'où s'échappaient des flammes orange et des cris lointains.

La cuisine est en train de prendre feu ! pensai-je d'abord, avant de me souvenir que je me trouvais dans le monde des dieux – un monde magique. Et puis, un feu dans la cuisine ne causerait pas tout ce chaos...

Une explosion retentit, les flammes s'intensifièrent, et un oiseau sortit de l'ombre. Nous avions tous le souffle coupé. L'animal était énorme – il faisait au moins trois fois ma taille. Mais, ce qui était le plus terrifiant, c'est qu'il était en feu. En fait, ce n'était pas un oiseau. *C'est un phénix*, réalisai-je. Il battit des ailes, et toutes les nappes les plus proches s'enflammèrent, forçant les invités à se mettre à l'écart. Puis il y eut un éclair blanc et la forme de fumée d'Hadès apparut au milieu de la pièce, un bras levé. Le phénix se figea, et mon cœur se mit à bondir dans ma poitrine.

— Qu'est-ce que cela veut dire ? rugit Hadès, de sa voix froide et sifflante. Ce n'est pas l'épreuve que nous avions prévue !

Il y eut un autre éclair blanc, et Zeus apparut à côté de lui, des éclairs violets crépitant dans ses yeux.

— C'est vrai, mais celle-ci est beaucoup mieux ! Il y a un invité surprise, grand frère, mais je t'interdis de t'en mêler, ricana-t-il.

La température chuta aussitôt.

— Tu m'interdis d'écarter les intrus dans mon propre royaume ? Pour qui te prends-tu ? siffla Hadès.

— Pour ton roi ! tonna Zeus, grandissant rapidement au point de dominer Hadès. Remplissez le sablier ! ordonna-t-il. Pour ce nouveau test, Perséphone va devoir nous débarrasser de ce parasite !

— Quoi ?! m'exclamai-je, alors qu'une petite forme apparut dans le sablier.

Je m'approchai pour voir ce que c'était.

Lorsque je reconnus la silhouette, mon cœur s'arrêta net.

C'était Skop.

VINGT-SIX

— Attendez, vous ne pouvez pas de me demander de combattre cette créature ! Je ne suis qu'une humaine ! criai-je en me retournant vers les deux dieux.

Le phénix était toujours immobile, derrière eux.

— Tu es humaine en compétition pour devenir une reine immortelle. Tu feras ce qu'il t'est demandé, s'amusa Zeus, en me regardant avec des yeux perçants.

— Frère, tu vas trop loin ! tenta de le raisonner Hadès, avec une pointe de désespoir dans la voix.

Zeus perdit son sourire et lui fit face avec un regard glacial.

— C'est toi qui es allé trop loin, Hadès, dit-il doucement.

J'étais terrifiée. La tension entre les deux dieux était palpable. Tous deux semblaient se vouer une haine sans limites. Je compris que Zeus ne reculerait pas ; j'allais devoir tuer un phénix si je voulais sauver Skop. En réalisant que la vie de mon fidèle compagnon était entre mes mains, ma gorge se noua, et des larmes embuèrent mes yeux. C'était tellement injuste... Si j'échouais, je m'en voudrais toute ma vie. Car c'était à cause de moi s'il était enfermé dans ce sablier ; si je n'avais pas choisi sa plume, il n'en serait pas là... Le pauvre n'avait rien demandé. Son travail était simplement de faire rire les gens. Pourquoi devait-il être puni pour le simple fait d'être devenu mon ami ?

— Je suis désolée, pensai-je de toutes mes forces, sachant pourtant qu'il ne pouvait pas m'entendre. Je suis désolée, Skop.

— *Arrête de t'excuser et fais-moi sortir d'ici !* répondit sa voix désespérée.

— Skop ! Tu m'entends ?

Je me tournai vers le sablier où je ne vis pourtant qu'un gnome nu, profondément endormi.

— *C'est très difficile d'assommer complètement un sprite. Même si je ne suis pas fort physiquement, mon cerveau ne reste jamais endormi très longtemps...*

Mon cœur se gonfla d'affection pour lui, et je fus soudain déterminée à vaincre ma peur et à réussir ce test. Un troisième éclair lumineux éclata. Je me retournai et découvris Héra, entre Hadès et Zeus. Elle était majestueuse et éblouissante avec sa plume de paon.

— Assez ! trancha-t-elle d'une voix mélodique et apaisante. Tout l'Olympe nous regarde et nous avons promis au peuple de le divertir. Bonne chance, Perséphone, dit-elle.

Puis ils disparurent tous les trois dans un écran de lumière vive qui me fit cligner des yeux. Dès que je vis à nouveau clair, je réalisai que le phénix était libéré du sort d'Hadès et qu'il fonçait droit sur moi, agitant ses ailes énormes.

— *Bouge ! Bouge ! Bouge !* me criait la voix de Skop.

Aussitôt, l'adrénaline me parcourut tout entière et je

me sentis plus réactive et plus forte que je ne l'avais jamais été. Toute la tension que j'avais refoulée et accumulée depuis mon arrivée dans les royaumes des morts semblait se déverser dans mes muscles, et je me sentais invincible tandis que je courais vers l'estrade, aussi loin possible de l'oiseau. Je l'entendis émettre un cri strident ; je me tournai et le vis battre des ailes plus rapidement, s'élevant jusqu'au plafond voûté. Que faisait-il ? Pendant une seconde, je pris le temps de l'étudier, essayant de trouver quelle était sa faiblesse. Il était féroce, affamé, avec un bec crochu jaune vif et des yeux de la même couleur. La majeure partie de son corps était rouge écarlate, tandis que des flammes jaillissaient de ses ailes et de sa queue, orangées avec la pointe blanche. Il était maintenant face à moi, dressé dans les airs, les plumes enflammées de sa queue massive pointées vers le bas. Les gens se dispersaient dans la salle de bal, tous brillant de couleurs différentes. *Ils doivent être en train de se préparer à utiliser leurs pouvoirs au cas où ils devraient se défendre,* pensai-je avec amertume. Car je savais qu'aucun ne lèverait le petit doigt pour m'aider... Pourtant, contrairement à eux, je n'avais pas de pouvoirs. Lentement, je soulevai le tissu de ma jupe et m'emparai de *Faesforos.* Alors je le tenais fermement dans ma main, pointé vers l'animal, ma confiance en moi commença à vaciller. Comment pouvais-je venir à bout d'une telle créature avec un simple couteau ? *Il est trop beau pour que tu le tues !* me dis-je malgré moi. C'était vrai... Il était non seulement magnifique, mais il semblait aussi paniqué que moi. Et puis, pour l'instant, il ne m'attaquait pas, se contentant de voler au-dessus de moi et de me regarder. Quelle raison avais-je de le tuer ?

— Eh, toi ! criai-je, essayant de ne pas me sentir ridicule.

J'entendis un rire quelque part dans la salle – très probablement celui de cette sorcière aux gros seins d'Éris – mais je l'ignorai. Le phénix agita les ailes.

— S'il te plaît, est-ce que tu pourrais partir ? lui demandai-je aussi poliment que possible.

Cette fois, j'entendis un rire plus fort – un rire masculin. Les yeux du phénix devinrent noirs, et une voix retentit dans la salle.

— Tu crois que tu peux revenir ici après toutes ces années, et que tu vas être pardonnée, comme si rien ne s'était passé ?

Mon sang se glaça, et je me figeai. Cette personne était là pour moi. De toute évidence, ils savaient quelque chose que je ne savais pas.

— Je ne sais pas de quoi vous parlez, criai-je sans quitter le phénix des yeux. C'est la première fois que je viens ici, dans l'Olympe.

— Tu mens ! Tu mériterais d'être jetée dans le Tartare pour ce que tu as fait !

— Je ne sais pas de quoi vous parlez ! répétai-je.

J'étais incapable de dissimuler ma peur. Mais ce n'était pas la créature devant moi qui me faisait peur, ni la voix de l'homme. C'était ce qu'il me disait. *Qu'avais-je fait ?*

Il y eut un aboiement de colère et, lorsqu'il reprit la parole, sa voix n'était plus qu'un sifflement.

— Si ce que tu dis est vrai alors, plutôt que de te punir pour tes crimes, pourquoi les dieux t'ont-ils permis de boire l'eau de la rivière Léthé pour que tu oublies ton passé ? C'est là une injustice sans égale !

La voix prononça cette dernière phrase en hurlant si fort que je portai involontairement mes mains à mes oreilles. Puis, dans un autre cri strident, le phénix plongea vers moi.

— *Tu dois trouver celui qui contrôle le phénix et le tuer. Tu ne peux rien contre l'oiseau lui-même !* me souffla la voix de Skop alors que je commençais à courir.

— Tu n'as pas le droit de me parler ! lui dis-je en retour. Si tu continues, je vais être disqualifiée et ils te tueront !

Il ne me répondit pas et, pendant un bref instant, je me demandai avec effroi s'il venait de perdre la vie. Je dérapai en me retournant, le phénix rugissant derrière moi. Je sentis les flammes de ses ailes réchauffer dangereusement mon dos, et je me précipitai vers le sablier, terrorisée à l'idée de découvrir que Skop était mort. J'avais raison d'avoir peur : il semblait toujours en vie, mais le sable tombait si vite qu'il n'allait pas le rester très longtemps. Je n'avais que quelques secondes pour agir ! Avec un cri, je levais la main dans laquelle je tenais *Faesforos* et le lançai de toutes mes forces au niveau du centre, entre la partie supérieure et la partie inférieure. Le bruit du métal contre le verre fut suivi d'un craquellement, et je soupirai de soulagement. Comme je l'avais espéré, en frappant la partie la plus fragile de la structure, le sablier se rompit et le sable s'étala sur le sol. Enfin Skop pouvait respirer. Je baissai un bref instant vers lui, juste le temps de ramasser mon couteau, puis me décalai sur la droite. Ce n'était pas le moment de m'inquiéter de la manière dont les dieux allaient réagir au fait que j'avais enfreint une règle en brisant le sablier.

Une autre bouffée de chaleur me fit réaliser que l'oiseau était juste derrière moi, et je mis à courir, scannant désespérément la pièce à la recherche d'un endroit où me réfugier. Skop m'avait dit que quelqu'un contrôlait l'oiseau, mais qui ? Il y avait environ quatre-vingts personnes dans la salle. Était-ce Éris ? Menthé ? Ou Érèbe ?

Comment savoir... ? Tous m'avaient clairement montré qu'ils ne m'aimaient pas. Mais cette voix... Si pleine de haine et de colère contre moi – aucun des invités présents n'aurait pu interagir avec moi toute la soirée pour ensuite exploser d'une telle manière.

Mes yeux furent attirés par les gens dans la salle qui dégageaient une faible lumière. Ils étaient nombreux, tous s'écartant à la hâte de mon chemin alors que je fonçais vers eux, ma jupe virevoltant, tentant d'échapper au phénix. Lorsque je passai devant Éris, elle rayonnait d'une énergie rouge vif ; visiblement, elle appréciait le spectacle. Puis je passai devant Hécate, qui était toujours debout à l'arrière de la pièce, là où je l'avais laissée. Une flamme pourpre émanait d'elle, et ses yeux étaient blanc laiteux. Que faisait-elle ?

— *Les ombres. Il est dans les ombres !*

La voix était faible, mais c'était celle de Skop.

— Comment le sais-tu ? lui demandai-je, changeant de direction et me dirigeant vers les cuisines que j'avais visitées plus tôt.

Pas de réponse.

En approchant des ombres, je vis des étincelles jaunes dans l'obscurité. Par précaution, je levai mon poignard, prête à le lancer. Mais je devais avoir ralenti car une douleur féroce s'empara de mon poignet et je faillis faire tomber *Faesforos*. Les pattes du phénix étaient enroulées autour de mon bras, me coupant le souffle. Avec mon autre main, je tentai de desserrer ses griffes tandis qu'il volait, m'emportant avec lui au-dessus du sol, mais l'oiseau il bifurqua brusquement, me balançant de l'autre côté. Nous étions de plus en plus haut. Je baissai les yeux vers les ombres, où les étincelles jaunes étaient de plus en plus lumineuses. Soudain, je réussis à percevoir une silhouette. C'était un homme. Il avait l'air tout à fait ordinaire, si ce n'était son regard empli de haine. Je n'aurais pas été surprise d'apprendre qu'il était le dieu du feu, de l'énergie, ou de l'électricité, tant sa peau ressemblait à un brasier.

— Il est temps de mourir, Perséphone !

Je passai le poignard de ma main immobilisée à l'autre, et le plantai aussi fort que possible dans la patte de l'oiseau. Il ne réagit pas. Sans réfléchir, je repliai alors mes jambes sous moi, et essayant de me propulser plus haut. Je réussis ainsi à gagner quelques centimètres supplémentaires, ce qui me permit d'atteindre la patte de la patte de feu de l'oiseau. Enfin, avec un cri aigu, l'animal lâcha mon bras.

Merde ! pensai-je bêtement alors que je me sentais tomber. La chute me parut durer une éternité, jusqu'à ce que j'atterrisse violemment contre une table en bois qui se brisa sous mon poids. Engloutie par la nappe, je ne voyais plus rien. Le souffle coupé par le choc, je tentai de me dégager, remerciant les dieux que l'oiseau ne m'ait encore pas agrippée à nouveau et levée dans les airs. Mais, lorsque je réussis à dégager ma tête, je réalisai avec terreur que le tissu était en feu alors qu'il était toujours enroulé autour de mes jambes, m'empêchant de m'en libérer. Rapidement, je plantai *Faesforos* dans le tissu et le déchirai. Enfin, je pus alors me relever, malgré ma vue trouble. Je plissai des yeux pour essayer de me repérer et, lorsque je vis clair à nouveau, je le vis. Il était là. L'homme aux étincelles jaunes. Il marchait lentement vers moi.

— Pourquoi ne m'affrontes-tu pas directement ? criai-je, la voix haletante.

— Es-tu en train de sous-entendre que je suis lâche ?

Toi qui t'es enfuie pour éviter de regarder en face les conséquences de tes atrocités ?

Il ne parlait pas, il éructait, le visage déformé par la haine, tandis que les étincelles jaunes devenaient de plus en plus grandes. Heureusement, l'oiseau ne bougea pas.

— Je ne peux pas payer pour quelque chose dont je n'ai pas conscience d'avoir fait, plaidai-je, saisissant discrètement mon poignard.

Je devais continuer de lui parler pour l'empêcher de m'attaquer, mais la peur de connaître la vérité sur mon passé était de plus en plus forte.

— Tu es une meurtrière, siffla-t-il, ses paroles tombant comme un couperet.

Pourtant, je refusais de croire que ce qu'il disait était vrai. Comment était-ce possible ? J'étais incapable de faire le moindre mal, pas même à un insecte ou à une plante... Jamais je n'aurais pu tuer une personne ! *Tu n'es pas la femme j'ai épousée. Tu es devenue quelqu'un d'autre.* Les mots d'Hadès me rappelèrent que je me trompais, et je sentis la bile monter dans le fond de ma gorge. *Non, non, non : Ça ne peut pas être vrai !*

— Je ne te crois pas, m'étranglais-je.

L'homme montra les dents comme un animal enragé.

— Tu me l'as enlevée ! Tu m'as enlevé tout ce que j'aimais !

La douleur, le chagrin et la folie emplirent ses yeux, et je n'avais aucun doute que – quelle que soit la vérité – il croyait fermement que j'étais coupable.

— Je suis désolée, murmurai-je alors qu'il s'approcha plus près de moi. Si ce que tu dis est vrai, alors je suis désolée.

— Il est trop tard pour être désolée ! À moins que tu puisses la ramener, tu dois mourir !

L'énergie jaune envahit tout l'espace autour de lui, me faisant suffoquer. Une longue électrocution déchira mes muscles, provoquant des spasmes si violents que je fus incapable de rester debout. Mais avant que je puisse tomber à mes pieds, il m'attrapa par la gorge et serra de plus en plus fort.

— Tu mérites pire que cela.

Son souffle était froid, et sa salive coulait sur ma joue. Je ne respirai plus. Je n'entendais plus. Je ne pensais qu'à une chose : *respirer*. Mon instinct de survie refusait d'abandonner. Levant doucement mon bras malgré la douleur, aveuglée par le manque d'air, j'ensevelis *Faesforos* dans les côtes de mon agresseur.

VINGT-SEPT

Avec un cri rauque, il desserra les mains et je tombai à genoux. J'eus l'impression que mon os s'était cassé, mais je ne ressentais pas la douleur. À quatre pattes, je sentis mon estomac se soulever en même temps que j'essayai de respirer normalement. Je ne savais pas ce qui me rendait malade : la douleur, ou le fait que je venais de poignarder un homme.

Ma vision était trouble. Lentement, je fis pénétrer à nouveau l'air dans mes poumons, faisant de mon mieux pour réprimer mon envie de vomir. *Meurtrière.* Il m'avait traitée de meurtrière. Je ne pouvais pas l'être, et pourtant... Je venais juste d'essayer de le tuer. *Il allait te tuer !* tenta de me raisonner mon subconscient. Mais c'était inutile. Je me dégoûtais moi-même. Comment allais-je pouvoir vivre, désormais, en sachant que j'avais ôté la vie d'une personne ? *Je vous en prie, ne le laissez pas mourir,* suppliai-je. Je me tournai vers l'homme que je venais de poignarder : il était sur le dos, du sang rouge foncé coulant du côté où je l'avais transpercé. Je rampai vers lui, les larmes remplissant mes yeux.

— Je suis désolée, je suis désolée, je suis désolée.

Les mots tombaient de ma bouche avec un goût acide.

Il gémit et je me tus, l'observant avec attention. Lorsque, soudain, il roula sur le côté. *Il est vivant !* Remerciant les dieux, je m'assis sur mes talons, laissant les larmes couler sur mes joues.

— Qu'est-ce que j'ai fait ? lui demandai-je. Dis-moi qui je t'ai enlevé ?

— Ma femme, dit-il d'une voix rauque. Tu as tué ma femme !

Une lumière flasha si intensément devant moi qu'une douleur atroce se déclencha dans ma tête, à tel point que je crus m'évanouir. J'étais au bout de mes forces.

— Non ! cria une voix féminine.

Je clignai des yeux, essayant d'y voir clair malgré les larmes et le chaos autour de moi. Petit à petit, je découvris Athéna. Elle se tenait devant nous avec, derrière, la fumée d'Hadès et Hécate, laquelle vibrait toujours d'une énergie violette. Quant à Hadès, il faisait trois fois sa taille normale et sa fumée semblait vibrer.

— Tu dois être jugée, Perséphone. Les Épreuves sont terminées, déclara Athéna.

Sa voix était comme un baume et semblait apaiser ma douleur et mon esprit, tandis que les trois juges apparurent doucement devant moi.

— Et lui ? Vous devez l'aider ! m'écriai-je.

La fumée d'Hadès vibra plus fort et Athéna me sourit avec douceur.

— Son jugement viendra. Mais ne t'inquiète pas ; pour l'heure, il est en sécurité.

— Qu'est-ce que ça veut dire ? demandai-je.

Mais la voix du commentateur inonda à nouveau la pièce.

— Eh bien, nous avons eu beaucoup de chance, ce soir ! Le spectacle était magnifique ! Qui l'aurait cru ?

Comme pour répondre, le phénix battit ses ailes, volant au-dessus de tout le monde. *Magnifique ? Ils ont vraiment trouvé cela magnifique ?* pensai-je, écœurée.

— Maintenant, voyons ce que les juges pensent de l'acte controversé de Perséphone. Rhadamanthe ?

— Deux jetons, me sourit le juge joufflu.

— Éaque ?

— Aucun jeton, déclara le juge à la peau bleue dans laquelle se reflétait la douce lumière des torches dans la pièce.

— Minos ?

Le sage me lança un regard perçant. Je le fixai, bouche bée, faisant de mon mieux pour contenir l'émotion qui bouillait en moi et me déchirait les entrailles.

— Tu as brisé les règles, Perséphone. Tu as sauvé ton ami.

— Ce n'est pas de sa faute. S'il vous plaît, ne le punissez pas, murmurai-je.

— Nous ne le punirons pas. Tu as fait preuve de loyauté. Et cela vaut bien plus que l'hospitalité.

Il me regarda encore une seconde, puis reprit la parole.

— Deux jetons.

Alors, une boîte apparut devant moi. C'était la boîte à graines. Le couvercle s'ouvrit, et je découvris à l'intérieur deux autres graines de grenade. Je les fixai un instant, puis relevai les yeux vers les juges. Comment pouvaient-ils ne pas se rendre compte que ces graines n'avaient aucune importance à mes yeux ? Je venais de poignarder un homme qui m'avait accusée du meurtre de sa femme, et ces fous m'offraient des putains de graines de grenade ?

— Rendez-moi mes souvenirs, les suppliai-je, d'une voix plus forte et plus claire que ce à quoi je m'attendais.

Minos m'adressa un petit sourire, puis les trois juges s'évaporèrent.

— Et voilà ! Le premier tour des Épreuves d'Hadès est maintenant terminé. Non seulement Perséphone est toujours en vie, mais elle a plus de jetons que celle qui était en tête jusqu'à maintenant. Étonnant, n'est-ce pas ? Pour le deuxième tour, nous visiterons un nouveau royaume, et je sais que vous allez l'adorer ! conclut le commentateur avant de disparaître.

Athéna s'avança et prit la parole.

— Hadès, tu peux maintenant t'occuper de ton intrus.

— Attendez…, commençai-je, mais la température chuta soudainement et je fus prise, en même temps que toute la pièce, par l'énergie d'Hadès.

La terreur m'envahit tandis qu'une fumée tourbillonnante se déplaça vers l'homme blessé. Je tentai de crier, mais ma voix resta bloquée dans le fond de ma gorge, le parfum du sang emplissant ma bouche et mes narines, et retournant mon estomac.

— Arrête ! tentai-je de crier.

Mais ma voix ne sortait toujours pas. J'étais plaquée contre le mur de la salle de bal, des larmes coulant abondamment sur mes joues tandis qu'Hadès atteignit l'homme en sang. Avec un sifflement, il jeta ses bras enfumés en l'air, et l'homme vola d'un seul coup, répandant du sang partout autour de lui. Ma peau était si froide que je pouvais à peine la sentir. J'étais vaguement consciente que tout le monde dans la pièce tentait de disparaître, craignant la fureur d'Hadès. Tout le monde, sauf Hécate.

— Hadès ! cria-t-elle.

Mais le roi des Enfers rugit, et l'homme hurla.

— Tu oses entrer dans mon royaume et essayer de la tuer ?

Sa voix était chargée de tant de pouvoir, de terreur, et de menace, qu'elle me figea.

— Tu oses essayer de me l'enlever ?

L'homme gémit alors qu'il flottait dans les airs, et des taches noires dansaient devant mes yeux alors que les cris dans ma tête devenaient plus forts, et que les flammes commençaient à obscurcir ma vision.

— S'il te plaît, dis-je.

Mais mon murmure fut couvert par un bruit de craquement. Tout le monde retint son souffle tandis que l'homme hurla à nouveau de douleur. Ses bras et ses jambes, complètement tendus, se détachèrent de son corps. La nausée me souleva le cœur, et je fus prise d'un vertige si intense que ma tête tomba sur le côté.

— Hadès, arrête !

C'était la voix d'Hécate, mais je ne la voyais plus. Je ne pouvais voir que l'homme que j'avais failli tuer.

— Elle mérite de mourir ! articula l'homme.

Une lumière noire envahit alors toute la pièce, et le corps de l'homme explosa. Comme au ralenti, je vis sa tête rouler au sol, tandis que son sang pulvérisa la forme maintenant solide d'Hadès. Mais ce n'était plus le Hadès dans les bras duquel je m'étais réfugiée, plus tôt. C'était un Hadès qui allait hanter mes cauchemars pour le reste de ma vie. Massif, le monstre devant moi avait des yeux en onyx, dans lesquels il n'y avait aucune âme. Des éclairs de lumière bleue jaillissaient de son corps recouvert d'un blindage, se solidifiant sur le sol au milieu de cadavres en train de brûler et de hurler.

Je ne pouvais pas respirer. *Je ne méritais pas de respirer.* La peur – une peur que je n'avais jamais ressentie auparavant – menaçait de me faire mourir. Et je le méritai. Je devais mourir.

~

— J'espérais te voir ici.

Je clignai des yeux en regardant autour du jardin, la fontaine d'Atlas ruisselant agréablement devant moi, et le chant des oiseaux réchauffant ma peau glacée.

— Je pensais que je ne venais ici que lorsque je dormais ? demandai-je doucement.

Il était impossible d'exprimer autre chose que de la douceur dans cet endroit.

— Quand tu t'évanouis, aussi, ma chère.

Je relevai la tête, puis tombai à genoux et caressai du bout des doigts un jeune crocus.

— Dans peu de temps, la rage d'Hadès va te tuer, Perséphone. Il n'y a qu'une seule façon que tu puisses survivre.

— Ai-je tué la femme de cet homme ? demandai-je à la voix.

— Mange les graines, Perséphone.

Une secousse semblable à un éclair traversa mon corps et j'ouvris les yeux d'un seul coup. J'étais de nouveau dans la salle de bal, entourée de sang, de feu, et de corps. Je poussai un cri si puissant qu'il noya mes propres pensées. Tout ce que je pouvais voir, c'était la mort.

— Perséphone ! cria une voix. Hadès, tu vas la tuer !

Je fermai les yeux pour ne plus voir le chaos autour de moi. Étais-je une meurtrière ? Je ne savais plus quoi penser de moi-même. J'étais perdue, paralysée par la peur.

Mange les graines !

Manger les graines allait-il vraiment mettre fin à tout ça ? J'ouvris mes yeux ruisselants et tâtonnai le sol. Enfin je trouvai la petite boîte en bois, recouverte de sang.

Mange les graines !

J'avais l'impression que ma tête allait exploser.

J'attrapai la boîte, les mains engourdies et tremblantes, puis ouvris le couvercle. Je pris alors une graine de grenade et la portai maladroitement à mes lèvres.

Mange les graines !

La scène autour de moi me soulevait le cœur, mais je fermai les yeux et pris une profonde inspiration, l'odeur métallique du sang me faisant presque vomir. Avec effort, j'avalai la petite graine.

La peur s'estompa instantanément, et je m'effondrai sur le sol froid. Les cris s'évanouirent, remplacés par la voix d'Hécate, forte et aiguë.

— Hadès, tu l'as tuée, arrête ! Tu dois arrêter !

Un calme absolu s'empara de moi, et je sentis tous mes muscles épuisés se détendre. C'était ça. C'était la fin. Étonnamment, c'était plus doux que je ne l'avais imaginé…

Quelque chose s'agita dans mon ventre, puis flotta jusqu'à ma poitrine. Mon corps se mit à trembler, et mon cœur à battre. Une fois. Deux fois. Une troisième fois. Puis la lumière, le vert, et l'éclat emplirent ma vision, tandis que quelque chose d'incroyable inonda mes veines, comme si l'énergie vitale réveillait chaque partie de mon corps défaillant. C'était puissant et féroce. Quelque chose d'étranger et de familier à la fois.

C'était le pouvoir. Je venais de retrouver mes pouvoirs.

À suivre

MERCI !

Merci d'avoir lu *Le Pouvoir d'Hadès*. J'espère que ce livre vous a plu ! Si c'est le cas, je vous serais très reconnaissante de me donner votre avis. Cela m'aide beaucoup ! Il vous suffit de cliquer ici et d'écrire quelques mots. Ce serait super de votre part !

Vous pouvez commander le prochain livre, *La Passion d'Hadès,* ici.

Vous pouvez également découvrir en exclusivité des extraits et des idées pour mes prochains livres, et gagner des nouvelles et des livres audio gratuits, en vous inscrivant à ma newsletter sur elizaraine.com.